人间有大爱

抗击新冠肺炎疫情诗选

石一宁 主编

Gvangjsih Minzcuz Cuzbanjse

广西民族出版社

把爱送到每一个角落

吉狄马加

2020年开年之际，一场新型冠状病毒感染的肺炎疫情汹汹袭来，大地病容，春天色变。疫情发源地武汉封城。然而，疫情还是迅速蔓延。这是不期而遇的新挑战、突如其来的新考验，中华民族又一次面临危险的时刻。生命重于泰山。疫情就是命令，防控就是责任。全国各族人民奋起响应以习近平同志为核心的党中央的号召，同舟共济，共克时艰，倾力投入这场严峻的疫情防控阻击战。

　　这是一场特殊的战役。这是一场没有硝烟的战争。这是一个看不见敌人的战场。新型冠状病毒感染的肺炎，是人类尚未充分认识的疫病，是人类阴险的残酷的敌人，是死神的新的面孔。它不仅带来了死亡的威胁，还造成了全球性的恐慌。然而，人类千万年来就是在与死神的搏斗中不断成长，变得伟大的。在疫情蔓延之时，一队队医务工作者义无反顾奔赴武汉，一群群白衣天使舍家别亲投入抗疫一线。他们来自人民军队，也来自百姓人家，祖国大地上急驰着一道道"最美逆行者"的身影。更有数千名建筑工人不计报酬、昼夜奋战，火速建成火神山医院和雷神山医院。国有难，召必回，战必胜。

从首都到地方，从城市到乡村，从武汉到全国，各行各业工作者为防控和阻击疫情执守岗位，尽责奉献。这是与时间的赛跑，这是与死神的赛跑。这是中国的速度，这是人类的速度。

文章合为时而著，歌诗合为事而作。在这场波澜壮阔的人民战争中，文学怎能缺席，诗人何不发声！诗人们自觉担当起文学的使命，在战壕中迅速找到自己的战位。死神的阴影、疾病的痛苦、人民的忧伤，牵动着他们的一吟一唱。他们更认识到，在这场全民族的抗疫战争中，发生的感人事迹，需要记录；展示的高尚情操，需要激励；呈现的英雄品格，需要讴歌。这不是矫情，而是真心；不是空言，而是职责。纵是秀才人情纸半张，然而书生报国笔为旗。在武汉，在疫区，无数白衣天使、无数"逆行者"所展现的人间大爱，惊天震地、鬼敬神钦。而钟南山院士、张继先医生面对疫情的谔谔预警，无不展现着对生命的珍护，对人民的挚爱。他们就是鲁迅所说的"我们从古以来，就有埋头苦干的人，有拼命硬干的人，有为民请命的人，有舍身求法的人"，他们就是中国的脊梁。"无穷的远方，无数的人们，都和我有关。"抗疫诗歌，就是诗人们以爱回向爱，以爱报答爱，以爱传播爱。一首首诗如同一缕缕春风，把爱送到每一个角落，滋润人们的心田，凝聚生命的意志，催绿民族的希望。

石一宁主编、广西民族出版社出版的这本《人间有大爱——抗击新冠肺炎疫情诗选》，第一时间反映了全国上下万众一心、众志成城战疫情涌现的可歌可泣的感人事迹，表达了对武汉和其他疫区的关切、对生命的珍重和对同胞的深情，是对英雄的城市、英雄的人民和英雄的壮举的致敬，是对中国精神、中国价值和中国力量的礼赞。同时，也是对新时代中国诗歌创作的一次检阅。不可否认，在这一时刻创作的诗歌，不少带着急就章的痕迹，从诗歌艺术上来衡量并非完美，它们的价值在于记录了特殊时刻民族的情感，在于诗人们以文学的方式参与了一场全民族的伟大动员，他们证明了自己的在场，彰显了诗歌的责任。

是为序。

（作者系中国作家协会副主席、书记处书记，著名诗人）

目 录

微信扫描诗歌右侧二维码
即可收听该诗歌配套音频

死神与我们的速度谁更快
——献给抗击新冠肺炎的所有人

·吉狄马加

死神的速度比我们更快，

因为它出其不意，

它在枪响之前已经跑在了前面。

死神！这一次似乎更快，

它莫非是造物主

又一次最新的创造？

还是人类在今天

必须勇敢面对的更严峻的考验？

死神并非都戴着明显的面具，

这一次它同样隐没于空气。

死神的速度比我们更快，

在统计的数字出来之前，
它罪恶的手仍然在使用
那该被一千次诅咒的加法！
因为死亡的数字还在增加，
而此刻，我们渴望的只是减法！
死神已经到过许多地方，
杀死了老人，青年，还伤害了我们柔弱的孩子，
肆虐我们的城市、街道以及花园，
它所到之处，敲击着黑色的铁。

死神的速度比我们更快，
因为它出其不意，
它在枪响之前已经跑在了前面。
然而，这一次！就像有过的上一次！
我们与死神的比赛，无疑
已经进入了你死我活的阶段，
谁是最后的强者还在等待答案。
让我们把全部的爱编织成风，
送到每一个角落，以人类的名义。

让我们用成千上万个人的意志，
凝聚成一个强大的生命，在穹顶
散发出比古老的太阳更年轻的光。
让我们打开所有的窗户，将梦剪裁成星星，
再一次升起在蓝色幕布一般的天空。

你说死神的速度比我们更快，不！
我不相信！因为我看见这场
与死亡的赛跑正在缩短着距离。
请相信我们将会创造一个新的纪录，
全世界都瞪大着眼睛，在看着我们！
我们的速度正在分秒之间被创造，
这是领袖的速度，就在第一时间，
那坚定、自信、有力的声音传遍了
祖国的大地、森林、天空和海洋，
创造这一速度的领跑者永远站在最前列。
这是人民的速度，无论是城市还是乡村，
每一个公民都投入了没有硝烟的战斗，
任何一个岗位都有临危不惧的人坚守。

这是体制的速度，一声声驰援的号令
让无数支英雄儿女的队伍集结在武汉。
这是集体的速度，个人主义的狭隘和自私
在这里没有生存的空间，因为严峻的现实
告诉我们，任何生命都需要相互依存。
这是奉献的速度，这种奉献绝不是一句豪言，
亲人们时刻都在焦急地等待着他们平安归来，
而每一天他们与死神的搏斗更是异常激烈，
当面部的颧骨呻吟无声，生与死比纸要薄，
那是阵地的抢夺战，每一次冲锋都不能后退，
他们与死神抢夺的是一个个鲜活的生命。
我不相信上帝的存在，但相信天使就在我们中间。
她昨天哭了，当她又拯救了一个生命，
虽然她穿着密不透风的防护服，我还是能看见
一双大大的眼睛里滚下的感动的泪水。
是的，在电视机前，我们曾在防护罩前看见过
无数双这样的眼睛，虽然不知道他们的真实姓名，
但可以肯定，我们一定会从这一双双眼睛里
看到一个民族所拥有的无限希望和未来。

这是生命的速度，从共和国的病毒学专家
到一个普通的护士，从城市的管理者到黎明时
还在为每一座城市刷新面容的环卫工人，
他们对生命的尊重，都体现在每一个岗位上，
由于他们的付出，我们才有了足够的冷静和从容。
这是国家的速度，或者说这就是中国的速度！
火神山医院和雷神山医院的建设，
当然不是火神和雷神的恩赐，它的建设速度
毫无疑问也创造了一个令人为之动容的奇迹。
那些塔吊或许就不是钢铁的面具，而是人的脊柱，
它将渴望的钉子牢牢地置入铅色的虚空。
这不是幻想，这是不容置疑的现实，
要知道它的施工，同样是在死亡的刀尖上舞蹈。
从电视上看见一双现场工人的手，虽然转瞬即逝，
但对我而言却刻骨铭心。这双手似乎正在变大，
在天空和大地相连的榫头发出胫骨低沉的吹奏，
因此我断言，有了一双双这样勇敢勤劳的手，
我们的幸福、命运、安宁就不会握在别人的手上。
因为那双手，不是造物主的，更不是所谓诸神的，

他是一位中国劳动者粗糙、黝黑但充满了自信的手。

死神正在与我们进行殊死的赛跑，
它是病毒的另一个可怖的代名词。
让我们在未知的空间以勇气杀死它，
不是用鲁莽，而是用超过常规的理性和科学，
让我们隔离对流的空气、看不见的水雾，
但不影响我们心灵之间的温暖和慰藉。
与死神赛跑有前方，可后方有时也是前方，
与死神赛跑，没有观众，我们都是选手。
这不是孩子手中的魔方，在今天的中国
每一条街道都是战壕，每一个家庭都是堡垒。
哦！变异的病毒，看不见的死神！
你是人类的邻居，影子的影子，与生命相随，
谁也无法告诉我们你已经存活了多少年。
当你从睡眠中复活，灾难的红矛就会刺向肋骨，
你以无形的匕首偷袭人类最虚弱的地带。
哦！没有面具的死神，这一次你又以隐形的方式
进入了我们没有设防的自由的家园。

我们的战争已经开始，我知道这是一场攻防战，
在实验室我们的精锐部队正在直抵你的心脏，
总有一刻会找到能够杀死你的那件武器。
对于大众，我们打响的防卫战的红色信号弹
也已经无数次照亮过中国的城市、乡镇和学校。
哦！这是阻击战，也是一场将被这个世纪记载的
十四亿人参加的人民战争。
我们必须坚持，因为死神也开始精疲力尽，
只有忍耐！只有挺住！我们才能耗死进攻的敌人！

世界的部分中国，中国的中心世界，
当你的呼吸急促，地球的另一半
也会面部通红。有一种战争，与古老的
宗教无关，与国家冲突无关，与政治无关。
哦！世界！今天的中国正在全面打响的
是一场捍卫人类的战争。旋转的地球
就是一个家庭，当灾难来临，没有旁观者，
所有的理解、帮助，哪怕道义上的支持
都会给处于困境中的人们巨大的力量。

哦！世界！中国从来就是你的一部分，
她分担你的忧患，从未推卸过自己的责任，
这个东方古老民族以其坚忍、朴实和善良
始终在给人类的文明奉献出智慧和创造。
哦！中国！从不把责任和担当作为标签，
为了维护世界和平，你牺牲的维和战士
蓝色头盔上生长着永远不会消失的鸽子。
当埃博拉病毒的恐惧笼罩着非洲，乌木的
神像传递着比羚羊更快的死亡的消息，
在几内亚、利比里亚、塞拉利昂的国土上
就有过数百名中国医疗队员战斗的身影，
是他们与当地的人民一起阻止了疫情的蔓延。
无论多么遥远，只要非洲鼓的声音在召唤，
中国！就会向非洲兄弟伸出黄色皮肤的援手，
相信吧，在最危难的时刻，我们都会不离不弃。
这就是我们的国际主义，这就是我们的人道主义，
它没有颜色，如果有它就是阳光的颜色，就是
天空的颜色，就是大地的颜色，就是海洋的颜色，
就是血液的颜色，就是眼泪的颜色，就是灵魂的颜色。

哦！世界！请加入今天中国这场
抗击病毒的战役中来吧，中国的战役就是世界的战役！

数字还在增加，这不是冰冷的数据，
在每一个数字的背后都是一个生命。
也许恐慌的情绪还会在我们中间蔓延，
也许你还会在短暂的无奈中惊慌失措，
哦！朋友们，同志们，要相信整体的力量，
但是我们任何时候都不能忘了个体的责任。
哦！死神！它爬上了飞机，它爬上了高铁，
它爬上了不同的交通工具，但是朋友们，
你们发现没有啊！死神就常常跟随着我们。
哦！不能给死神可乘之机，戴好一次口罩
其实就是一次单兵出击，一个人的阻击战，
只有当千百万人都成为士兵，这才是
我们最终战胜死神的最最关键的法宝。
阻击它！给它最猛烈的击打！不能让它喘息
不给它反击我们的颅骨和臂部的机会。
死神在寻找着我们，它知道我们看不见它，
它在寻找万分之一防守者可能失控的地方，

哦！朋友们，同志们，假如有一次失控，
我们的损失和代价就真的难以估量，
就会有更多的生命徘徊在死亡的边缘，
还有的亲人也将会永远地离开我们。
直到今天死神的幽灵还在大地上游荡，
它用看不见的头撞击我们的每一扇门窗，
嘴里发出另一个世界才能听见的声音。
它绑架空气，胁迫物质，混迹于人群之中
在任何一个我们可能接触的部位，隐匿着
一把又一把地狱的钥匙，它是不折不扣的
来自冥界的邮递员，毁灭生命的寄生虫。
死亡其实伴随人类的历史已经千百万年
这本身是自然的法则，不可改变的逻辑。
但是，死神！这一次你对人类的侵袭充满了
从未有过的疯狂，你让冒汗的碎片中断了生命，
让家庭不再完整，爱情缺失了恋人，本该回家的人
再不能回到家。哦！死神！无论今天你在哪里，
我们都要集合起千千万万的生命向你发起反击。

死神与我们的速度谁更快？

虽然它在枪响前已经跑在了前面，

但你看见了吗？我已经清楚地看见

当自由的风吹动着勇士的三色披肩，当太阳的

箭矢穿过黑色的岩石，当光明的液体反射向宇宙

逃离了地球的引力，当人类的子宫再次孕育地球，

植物的语言变成比三倍还要多的萤火，

当所有动物的眼睛，都能结构多维度的哲学，

在每一个人的胸腔中只生长出救赎的苦荞。

当自己成为大家，当众人关注最弱小的生命，

一个人的声音的背后是一个民族的声音，而从一个人

声音的内部却又能听见无数人的不同的声音。

是的，我已经真切地看见了，我们与死神的赛跑

已经到了最后的冲刺，相差的距离越来越近，

这是最艰难的时候，唯有坚持才能成为最后的英雄。

相信吧！我们会胜利！中国会胜利！人类会胜利！

因为这场生与死的竞赛相差的距离已经越来越近……！

选自《光明日报》2020 年 2 月 7 日

我们没有退路

· 白庚胜

我们没有退路。
可以不在防控的前线，
但不能不在热络的在线；
可以不在救援的现场，
但不能离开强大的气场；
可以被封闭在一个个居室，
但不能封闭了一份份爱心；
可以被隔离在一间间病房，
但不能与整个民族的意志相隔离。

我们没有退路。
党旗猎猎照天地，

困难前退却不属于我们的民族，
艰险前撤离不属于我们的军队，
病魔前逃亡不属于我们的医护天使，
危亡前落荒不属于我们的人民。

像远古时代后羿射日、女娲补天，
像长征路上红军将士斩关夺隘，
像黑土地上八女投江，
像狼牙山上五壮士飞身，
我们必须一往无前。

我们没有退路。
我们五千载羞谈退却，
才有了黄河长江的奔腾不息；
我们耻于退却，
才有十四年抗战太行吕梁壁立千仞；
我们解放战争拒绝退却，
才迎来建立新中国的辉煌。

我们没有退路。
哪怕吃着草根树皮，
也要走出雪山草地；
哪怕刀铡绳绞甑蒸相迫，
也绝不易志屈膝变节；
哪怕面对百倍于己的强敌，
也敢亮出雪剑利刃；
哪怕摩擦封锁加"围剿"，
也不屈不挠岿然昆仑。

我们没有退路。
退路已经桥毁栈破，
退路已经虎啸狼嚎，
退路已经蒹葭丛生，
退路已经枪林弹雨。

我们已经没有退路。
退路便是为奴之路，
退路便是投降之路，

退路便是死亡之路，
退路便是毁灭之路，
而今天的中国大踏步前进，
明天的中国人更精彩。

我们已经没有退路。
任它天灾还是人祸，
管它经攻还是武略，
随它内忧还是外患，
笑看它明打还是暗算，
我们都是顶天立地。

我们没有退路。
只能埋头苦干去辟活路，
只能拼命硬干去开生路，
只能舍身求法去拓出路，
只能以民为本去奔前路，
只能高举旗帜去走正路。

我们没有退路。

一退就会退出人类，

一退就要退出文明，

一退将退出责任、使命，

一退必退出自信、尊严，

一退就退没了骨气与底线。

我们没有退路。

又一次危险袭来，

又一次集结号声响起；

不能退却的白衣天使筑成铜墙铁壁，

拒绝退却的子弟兵洪流滚滚，

没有退却的各行业矢箭出击，

不会退却的志愿者星驰电奔，

保卫武汉、保卫湖北、保卫全中国的能量在聚变。

我们没有退路。

靠着总书记的指引，

靠着抗击过"非典"的经验，

靠着刚从大阅兵走来的豪迈，
用隔着口罩的新婚亲吻，
用只能在手机中视频的温馨，
用新生命在护士手中的传递，
用病体去救死扶伤的人道，
用融化了数九寒天的大爱，
用十四亿儿女的倾情守望，
来回答我们为何坚拒退路，
我们为何鄙视退路，
我们为何没有退路。

这些高尚的人
——写给奔赴武汉抗新冠肺炎的战友

· 王久辛

平时，他们隐匿在辽阔的国土
那熙熙攘攘的人群中
当新冠病毒猖獗，蔓延
随时可能大面积感染
要夺走千万人性命的危急时刻
他们来了，如脱兔般箭射而出

他们都很平凡，年轻
转眼就消失在奔赴的跑道
甚至看不清他们的脸庞
像勇敢是用冲锋

和危险时刻的行动
展现的一样
登机飞赴新冠病毒疫区的
神情，似埋在泥土的美
瞬间闪耀，照亮人心
给疫区人，给亿万人民
金子般希望的光芒

我看不清他们的脸庞
他们的脸，是密封的
似防护工作服内的心跳
是真真切切的心跳
一下一下地跳动
鲜红的跳动，像军旗在飘扬
像五星红旗在飘扬
那动人心魄的鲜艳的跳动
跳动在辽阔的大地上
也跳动在他们密闭的周身
跳动，伴随着他们

在武汉，在疫区
在与猖獗的新冠病毒拼杀的
血战的神情中
那是英勇无畏
也令人揪心的跳动

零距离作战，空气中绞杀
除夕的夜空上
弥漫着白衣天使的
大无畏，和大无畏中的大担当
我不敢用颂词来歌唱他们
他们不是来表演的
在随时准备献身的战场上
我希望我的字句
能够成为他们的战友
而我的心跳，能够
和他们一起与病毒对垒
零距离，针锋相对
零距离，勇敢进击

英雄啊，这舍却父母
舍却夫妻之情、亲子之爱
为他人而献身的大义情怀
才是英雄之所以是英雄
最令人们揪着心的感动
英勇无畏的心
与你与他，与我们大家
一样的大小。而他们的心
却如拔地而起的屏障
组成了
任何病毒都不能逾越的山峰

我敬仰他们，假若
我今生能够，与这些
高尚的人们一起，并肩战斗
哪怕成为他们刚戴上的口罩
才喂给感染者的一粒药丸
或注射给发烧病人的一剂药液

我就是幸福的，如果这些
都统统不能，甚至不能
成为这些勇士的助手
那么，就让我们成为
防疫止灾的志愿者吧，首先
把自己管理好，而后
从一点一滴的小事做起
像这些高尚的人
严于律己那样
彻底清除身上和身边
所有病毒可能的孳生之土

选自《文艺报》2020 年 2 月 3 日

天　使

——献给奋战在抗击新冠肺炎疫情
一线的医护人员

·阿　成

穿着防护服，戴着防护帽、护目镜
臃肿笨拙的你，宛如外星人，和
纷飞的雪花一起，从天而降——
镜头里，我们无法分辨
是胖是瘦，是高是矮，是男是女
是青年、中年，还是暮年
只知道你们有一个共同的名字
叫天使！

耄耋院士，冒着被感染的风险

乘一列高铁逆行，赴疫情蔓延的病源地追"凶"
坚毅的表情，果敢的目光
餐车上疲累的、叫人心疼的小憩
是你！

疫情急迫，得知前方医护人员紧缺
战友累倒在救护的走廊、过道、墙角
在热切的请战书上签下滚烫的名字
摁下鲜红的手印，郑重写下"不计报酬，无论生死"的
是你！

脱下白大褂，上完农历年最后一个班
准备一家人团团圆圆吃十五年未曾一起的
年夜饭，共度除夕，一个紧促的电话响起
面对连夜出发的命令，来不及告诉家人，即
匆匆从医院赶赴机场，在飞机上
和丈夫、孩子说"对不起"的
是你！

病毒肆虐，面对恐慌、焦急的人群

放弃休息，忘我工作，5+2，白加黑

身体的机器十几天连轴转，累得喉咙嘶哑

双手发皱，脸颊凹陷，汗水淋漓，湿透

衣裳，却毫无怨言的

是你！

生死时速，在奋不顾身的救治中，不幸被

感染，成为新冠肺炎患者，作为

医生护士，你们相互鼓励，坚定信心，拼尽全力

奋战病魔，在隔离病房里伸出必胜的"剪刀手"的

是你！

选自《文艺报》2020年2月3日

武汉病了

· 梁　平

墙上的日历发炎了，
一页一页脱落，白云裁剪的口罩，
武装了交通、社区和场所的公共呼吸。
武汉病了，一只蝙蝠的阴影，
遮不住大数据的扫描。武汉以外，
其他城市被"输入"的惶恐，
暗淡了鲜红的春联和灯笼。
过年的酒，在朋友圈刷屏的惦记里，
稀释了度数，比矿泉水清淡。
庚子年正月初一，没人说拜年，
没有人还能够笑容满面。
所有节日的表情被牵挂拧变了形，

不敢打电话，不敢问候，
害怕接通之后只有忙音。
武汉病了，在武汉的兄弟姊妹，
还好吗？还好就隔空说说话，
晒几张图片，腊肉、香肠、烧酒，
显摆就显摆，给沉闷的空气点支爆竹，
荡浊去污。没有降不了的妖，过不去的坎，
我已经备了一壶上好的酒，
为人世间的福寿安康，满上，
等到春暖花开，一二三，干！

选自《文艺报》2020 年 2 月 3 日

坚　守

·谢克强

走上前去
没有惊天动地的豪言壮语
只有一颗赤胆忠心
和一个医生的职业操守
你奋勇走上前去

是的　这是一种深刻的使命
也是一种庄严的责任
当新冠病毒威胁着阳光与生命
你毅然走进疫情重灾区
挺身扼守在生死线上
与肆虐的病毒做殊死的决战

岁月匆匆中
人们常常浅薄了生命的意义
宠辱　得失　甚至斤斤计较
你却用果敢昭示白衣战士的尊严
使多少人懂得　爱与责任
才是高尚真实的人生

24 小时　48 小时　72 小时
病房的灯火都眨着疲惫的眼睛
你却依然精神抖擞地坚守病区
在突然面临的遭遇战中
残酷的战斗才刚刚打响
坚守　就是和病毒抢时间

你知道　生命至上
救死扶伤　就该坚守前沿

选自"诗刊社"微信公众号

诗　人

·刘益善

新冠病毒穿着黑色大氅
袭击我们的时候
诗人，我们该做什么？
我们能够做什么？

我们给被袭击的人们
祝福祈祷，愿他们
顽强抵抗，早日站起来
和我们一起享受春风阳光

我们给不畏危险与牺牲

日夜战斗在疫区的白衣战士
写一首深情的歌
献上我们心中的问候与敬意

我们给奔驰千里来援的军人
我们给告别家人放弃休假的
各地医疗队员，给各行各业
捐物捐钱的人们，写一首长诗
歌颂他们的奉献和无私

我们还能做什么？
我们还能做的就是戴口罩
多喝水，勤洗手
坚守家中不出门
我们就是与中国在一起！

选自"诗刊社"微信公众号

隔　离

·谢春枝

好吧，我允许
飞机与天空隔离
列车与铁轨隔离
汽车与道路隔离
轮船与江水隔离
楚河汉街上
繁华喧嚣与商铺隔离

允许，落叶与树枝隔离
燕雀与鸟巢隔离
喜庆与节日隔离

武昌、汉阳与汉口，隔离
城市圈的链条与链条，隔离
我们与我们，隔离

然而，我知道
天使与病毒，没有隔离
勇士与逆行，没有隔离
驰援与封闭，没有隔离
超市，医院，环卫……城市的运转没有隔离
信息与虚拟的网络，没有隔离

郁金香的蓝色与植物园没有隔离
珞珈山的樱花梦没有隔离
1000 多万守城者的灯火
与漫漫长夜没有隔离
龟蛇相望，与黄鹤楼兴衰废替
没有隔离

大年初三，久雨，微霁

阳光与生活不会隔离

俞伯牙与钟子期的琴声，不会隔离

高楼与高楼的喊话，不会隔离

我与你，流沙一样的光阴，不会隔离

这千年的城郭，与安宁祥和，不会，隔离

选自"诗刊社"微信公众号

一个超负荷的群体

·车延高

不用一一说出你们的名字

你们是一个群体

生与死的危难时刻，你们把自己的命

押在了第一线

汶川大地震，"非典"防疫现场

都有你们的身影

抗击新冠病毒，你们又出现在

与死神搏斗的前沿

你们是舍生忘死的人

你们是救死扶伤的人

你们是在封城隔离后置个人生死于不顾

走进疫区的人

你们有英雄的壮举，从没把自己当英雄

那些被你们从死神手里夺回来的人相信你们是白衣天使

作为死神的敌人，你们是患者心目中最可爱的人

"病"临城下的生死关头

没有硝烟的诊室和社区是你们的主战场

一座城市的压力有多大，你们对生命承负的责任就有多大

以前，感冒、发烧、咳嗽，扛一扛过去了

现在疫情危及自己和他人生命，谁也不敢马虎

生命的重要，使病状被恐惧心态放大

疑似的，要诊断；确诊的，要救治

发热门诊一天要接诊上万人

满负荷，不！你们是超负荷耗损自己

口罩、防护服、床位、医疗器械都跟不上

就诊待检的队伍却越跟越长

焦躁，愤懑，不理解，甚至飞沫都跟着情绪压向你们

你们忍受着委屈和误解

知道连轴转、白加黑会使免疫力打折

接诊就是和新冠病毒做殊死搏斗

每一个感染者都可能把你们感染

但你们用钉钉子精神把自己钉在岗位上

你们当中有身患绝症仍在出诊的院长

有在发热门诊累得腰快撑不住自己，却被患者指责的医生

有把一头长发剪短的护士

真的要谢谢你们

你们以自己超负荷的负载在为人们做心理减压

你们耗竭着自己有限的能量在为自己热爱的生活增加能量

你们让我看见了责任和使命的

重量

选自"诗刊社"微信公众号

封城第六天，出门买药

· 华　姿

禁闭六天后我终于出了一趟门
我从鸦海苑走到广埠屯，又掉头
走到东湖新村。这一来一回
我只遇到一个人——
一个穿着黄色工作服、正在弯腰
清扫的环卫工人。我站在两米之外
跟她拜年，祝她平安
她也跟我拜年，祝我平安
太阳已经出来了
我苦笑着跟她道别
她也苦笑着跟我道别

我的笑容藏在口罩之后，她的也是
可是苦笑也是笑啊，泪花也是花
人活一世，总是难免如此——
即使死已不期而至，生仍要倾尽全力
初一已经过了，十五很快就来
病毒啊或者魔鬼，你高戴冠冕又怎样呢？
这是我的城，这是我们的城——
这是众志成城的——城
因此，这是灾难的城
却也一定是——荣耀的城

选自"诗刊社"微信公众号

疫情时期的基层干部

·朝　颜

穿着红马甲，去敲门
去敲开一所房子收纳的来历和路途
去和每一双理解的猜测的狐疑的眼睛对视
去记下人们的姓氏、电话，乃至体温
去将阳光下打牌的人群劝回屋子

我们需要，赶在流水冲过堤坝之前
筑一道屏障，为昨日统计的零
压一块砖，再压一块砖
还要安抚纷沓的脚步，惊惶不安的心

大意和慌乱，都不是平安的筹码

我们隔着以米为单位的距离

深怀戒备，又不乏慈悲

所谓人世的希望，不过是

远来的风一次次吹过

而我们闭紧一扇门

还能从门缝中窥见，院子里的玉兰

已经站上枝头，吐出花苞

选自《民族文学》2020 年第 3 期

妹妹去了武汉

·孙玉平

小时候的妹妹胆小

喜欢夜空中的萤火虫

不发光的蝙蝠飞过

她会躲进妈妈的怀里

多少年了

她一直认定有萤火虫的黑夜

是安全的，是美的

庚子年正月初二

武汉告急

她把攥紧的拳头举过了头顶

她在请战书上按下了红色的指纹
她一言不发踏上了西行的列车

父亲莫怕
母亲莫哭
妹妹是人间天使，她的勇敢
来自她内心里积攒着满满的萤火
漆黑的夜终将被光冲破
凛冽的北风过后，就是春天
到那时——
我们相约武汉
站在桥头看滚滚不息的长江之水
看满城的樱花怒放
到那时——
我们一起手拉着手返回家乡
我们有足够的耐心等待
萤火虫挑起小小的灯笼飞满夜空

背　影

——致白衣天使

· 斯日古楞

我一定不认识你
在茫茫人海
我们就是擦肩而过
也不足以回眸
因为阻击疫情
我从你的背影中
读懂了你的坚定
都说向"逆行者"致敬
而我用无言的沉默
送上祝愿和嘱托
我虽然认不出你的面孔

但我确信你是最可爱的人

你或者说你们

都有美丽的笑容

只是此时此刻

顾不上个人的装扮

一切言表都充满严谨

我猜想你也有儿女情长

不过在命令的召集下

英雄无所畏惧

大爱无疆悲悯仁医

逆行也是风景

望着你的背影

我说一句简单的话

请多多保重

责任扛在肩头的你们

请把我这微弱的诗心

当作一盏祈盼的灯

选自《民族文学》微信公众号

出征，他们出征

·马　克

除夕夜
人民子弟兵星夜行动

22 时 20 分
古城钟鼓楼上巨大的钟鼓
还未敲响新年祝福的钟声
西安咸阳机场
一架空军伊尔 -76 飞机
巨大的机翼划过夜幕下的机坪
143 名空军军医大学的白衣天使
满怀信心，肩负使命

向着远方武汉
出征

除夕夜，大雨中的上海
虹桥机场无眠
150名第二军医大学的勇士
穿过密密的雨丝
正在夜色中集结
战鼓声声，引擎轰鸣
出征的号令划破夜空
他们在新年即将到来之际
告别年幼的儿女
告别年迈的父母
告别牵挂的亲人
这支能征善战的队伍
向着疫情肆虐的武汉
向着魔鬼般的新型冠状病毒
发起新的冲锋
此刻，滂沱的大雨望着

远方消失在夜色中的银鹰
仿佛仍在诉说着一份衷情

除夕，夜色中的山城重庆
陆军军医大学 135 名勇士
匆匆向夜色中的校园告别
此刻，他们耳畔响起的是
政治协理员刘远桥同志的战前动员
"对于军人来说，
没有节日和平时之分，
人民的需要就是命令！"

除夕夜的寒风中
祖国四面八方
到处响起出征的号令

此刻，夜色中
回响起集合的号令
看，火红的战旗在夜风中迎风招展

一架架军机在夜色中呼啸起航
飞向江城武汉
一架架军机承载着人民重托和光荣使命

北京，节日的首都国际机场
一支又一支超强阵容的医疗队
驰援武汉

夜半时分
江城武汉，街头上闪过一队队
"逆行者"的身影
这是一群冲向疫区的白衣天使
这个除夕夜
将永远定格在他们难忘的岁月
——那光辉灿烂的人生

选自《民族文学》微信公众号

爱的阳光把生命照亮（外一首）

·银 莲

一股股暖流传递力量
一双双臂膀挽起坚强
每一个人都不是一座孤岛
每一座城市都有钢铁脊梁
我期盼风雨共担散尽焦灼恐慌
我感恩生命旅程路遇善良
我祈祷华夏大地吉祥安康
穿越苦难，爱的阳光
把生命照亮

风雨过后又是晴天

又是一声危难关头的呼唤
又是一次生死不离的救援
大江大湖大武汉，我来了
千万个我剪短长发穿上防护衣
千万个我告别妻子儿女
在请战书上按下大红手印
用热血护佑生命
用生命护佑平安

我听见长江两岸沉重的喘息
我听见兄弟姐妹悲痛的哭泣
我看见一个老人眼神如此温暖
我看见白衣"逆行者"脚步如此坚定
封城封路封不住血浓于水
隔山隔水隔不断爱心涌泉
分分秒秒从死神手里抢人

危难之中有大爱陪伴

风雨过后又是晴天

选自《民族文学》2020年第3期

铭　记

·伍小华

我们会突然看见这样真实的一幕——
褪去口罩的脸上
现出一道道的血痕
摘下手套的掌心
露出一个个的血泡

血痕是红的
血泡是红的
痛是红的

待春暖花开的时节

血痕和血泡
会慢慢后退到身体里
痛会后退到身体里
红也后退到身体里

一定会有这样一个时刻
当血痕血泡和痛，以及红
同时后退到一个点上
这不是巧合
这是时光对他们的铭记

选自《民族文学》微信公众号

在一座北方小城，梦回武汉

・查干牧仁

1

晨有薄雾，骤起的鞭炮声
在安静的春节里，像一阵短暂的耳鸣
之后是更安静，世界竟略显单薄
鸟雀藏踪，无迹可寻，许是无枝可栖
只有供热塔的白烟，晃动着，模仿着飞翔的姿态

2

城市被空气封锁，人心千里，贴得更近

武汉的梅花开了吧，问讯与关切
让它的香气在我的梦里迢递
梦里的每一件事物，都彼此和睦相处
哪怕梅花突然起身咳嗽，一城的天气都变坏

3

在梦里，我经常赶路出门
探访住在果壳里的亲人
果壳里有日月星辰，也有春风
路遇无数的"逆行者"，我们爱过的英雄

4

一个老人在车厢一角端坐，顶着小小的苍穹
我们抬头，万里一个夜空，分得同样的光芒
那些星星叮叮当当的，替我们把死寂撞出声响

大地上更多的白衣人，发出耀眼的火焰
誓把病毒烧成灰烬
火神山、雷神山一日千丈，冲破梦的边缘
与钟南山一起，顶起武汉的天
稳住荆楚大地的摇晃

5

黑夜漫长，梦也会醒来
梦魇终会过去，平静接受一切
武汉的梅花发了，在这个年关里
生命之轻与病毒之重，恨恨地相遇
也将在春风中与它告别
狠狠地
永别

选自《民族文学》微信公众号

生命的"逆行者"

·陈崎嵘

又是你们！
恍若十七年前那熟悉的身影。
一色的白盔白甲，
一样的行囊表情。
我们，甚至分不清你和他、她，
但，这有什么要紧?!
你们，有一个统一的名称：援鄂医疗队。
你们，有一个统一的方向：逆行。
在成千上万的人离开时，
你们却选择了挺进，挺进，挺进！

历史将定格：庚子年开门，

一个多么特殊的时辰。
此刻，除夕的红灯笼挂起，
此刻，新春的爆竹炸云。
没有仪式，没有慷慨陈词，
你们，却如战士般出征。
告别，山山水水的故乡；
告别，老父老母的忧心；
告别，三岁娇女的挽留；
告别，爱人眷恋的眼神。
那么无怨无悔、义无反顾，
那么坚定坚毅、从容自信。
在众多的职业选择中，
你们定位了奉献的人生！
在自然的顺时针转动中，
你们却选择了生命的逆行！

当一种灾害降临，
当一种风险面临，
当一种考验来临，
当一种威胁濒临，

中华民族，总有
挺身而出的人，
舍身成仁的人，
处变不惊的人，
大爱无疆的人，
为国捐躯的人，
视死如归的人。
国有难兮，岂顾家?!
人有险兮，何惜身?!

此刻，我身处江南水乡的一个小村，
书写着朦胧的忧虑的凌晨。
请原谅，我们的身体没有与你们同在，
但我们的目光却时刻与你们同行。
因为，中国，是我们大家的国；
因为，鄂人，是我们的同胞亲人！
背靠着强大的祖国、无畏的人民，
我深信：冠魔必灭，武汉必胜，中国必胜！

选自中国作家网

求战书上，这些螺纹的形状

·黄亚洲

又看见了同样的一幕，求战书上
这些按下去的血色的螺纹，每一个，都是
密密麻麻的"八一"形状
这些男军医与女军医，这些
军医大学的男学生与女学生
这些把自己的生命，以"八一"的形状
按在求战书上捧给武汉的勇士们！

他们是在除夕之夜出发的，求战书上
所有血色的螺纹都迅速转动了，成为高铁车轮
他们愿意在大年初一，直接
面对死神

他们，西安的空军军医大学的勇士们
重庆的陆军军医大学的勇士们
上海的海军军医大学的勇士们！

陆海空都出动了
军旗上的"八一"，被他们用生命和意志的螺纹
按回了军旗！

多么熟悉的一幕，十二年前我在汶川采访
也看见了同样的仿佛流着鲜血的红手印
那个晚上，面对失去联络的乡镇
战士们大叫：我上，我上，我上！
那些独生子女大叫：我不是独生子女！我不能不去！

那些不眠的晚上，仿佛都是
祖国的除夕夜
翻过这一夜，仿佛都是
新一年的近距离决死格斗，都是
格斗后的胜利

多么熟悉的一幕，南昌城头
那些贺龙的将士们，朱德的将士们，叶挺的将士们，也在
那个深夜，在为中国人民而战的求战书上
用自己的螺纹，按下了最初的
"八一"形状

去武汉，去战场，去厮杀，只为
那里的焦虑与哭声，只为
那些焦虑来自人民
只为军旗上的那个"八一"形状，都是
中国年轻军人按下的
对于中国现代史与中国当代史的
求战螺纹！

选自中国作家网

致白衣卫士

·李发模

记住他们的应该是阳光，但是云
白色和绿色的云，密封他们
如裹雷电
我远在贵州，默默下了一场又一场泪雨
自知诗句，远不如一个口罩
或一杯热水
隔离好老弱病残的自己吧，安全一点
别被传染，浪费民族渡难的资源与拼力
我也是老战士
心疼过云的沉重，方知阳光下
蝶翼的轻盈
来之不易

选自中国诗歌网

065

挺住，就意味着一切

·姜红伟

再狂的风雨
不是不曾经历过
再凶的风浪
不是不曾撞见过
再烈的风暴
不是不曾体验过

经历过撞见过体验过了
便彻悟了一个道理：
挺住，就意味着一切

再多的危险

不是不曾碰见过
再大的风险
不是不曾领受过
再久的凶险
不是不曾遭遇过

碰见过领受过遭遇过了
便顿悟了一条真理：
挺住，就意味着一切

挺住，就意味着一切
挺住啊，我的亲人
挺住啊，我的朋友
挺住啊，我的同学

挺住，就意味着一切
挺住啊，我的武汉
挺住啊，我的湖北
挺住啊，我的中国

没有什么灾难，是中华民族不能战胜的
没有什么困难，是中华民族不能攻克的
没有什么苦难，是中华民族不能消灭的
没有什么危难，是中华民族不能渡过的

挺住，就意味着一切
挺住，就意味着一切
挺住，就意味着一切
挺住，就意味着挺起胸膛
挺起信心
挺起脊梁
挺起腰板
挺过去
好好地活着

选自中国诗歌网

体温表（外二首）

·鲁若迪基

这个时候
测量着的
不仅仅是人的温度

自白

作为诗人
我很羞愧
面对病毒
我不知道

怎样用语言

去分析和消灭它

小小的心

微信里

有几个武汉朋友

每天早晨

我都情不自禁

——找到他们

点个赞

让那颗小小的心

越过千山万水

坚毅的光芒

·黄松柏

1月29日，上海医疗救治专家组组长接受记者采访："从新年到现在，感染科一线医生进行换岗，换成共产党员医生到一线工作，他们没有讨价还价，我自己也上……"

一声召唤
只为你曾经
举起的信仰和最初的誓言赴约
跟新型冠状病毒战斗
你面带微笑，奔赴你的战场

冠状魔毒不是子弹
但比子弹更难防范

不是刺刀，但比刺刀更加狰狞
前面英勇善战的先驱倒下的一刻
那一线无惧无悔的目光，成为鼓舞你
战斗的精魂，无论生死祸福
你精妙的医术和天使般的心
在播，一方生机

把月光当成太阳，夜以继日
医术、微笑、辛劳，在难以坚持中坚持
受苦、受累、受屈，甚至随时交出自己生命
你依然固守那个属于你的岗位，你是什么
材料做成的，我回答不好，此时，只
看到梅朵怒放，在三九严寒

先进不仅是名誉和称号，生死关头
在病毒阴冷黑暗的深处
你闪耀着朴素坚毅的光芒
并以无比的锋利穿透子夜的黑
去迎春天的黎明

麦穗与蛙鸣

· 冯　冯

晚风像一首舒缓的离别曲

在空气中回荡

第二批援鄂医疗车队

在夜色中驰行

出发前她惦记着

记性越来越差的母亲

电话里再三叮嘱

热饭时别走开

关好炉灶保护好自己

母亲的咳嗽声

像暴风雨中的麦穗弯了腰

她听见母亲说

孩子，妈没事，放心去吧

她好像听见蛙鸣四起

她已感觉到春天的呼吸

武汉必胜 中国必赢

·杨 涛

一个个新增病例牵动着我们的心
一个个逆行的身影震撼着我们的心灵
一个个名字讲述着令人泪目的故事
一个个声音响彻神州大地的上空

突如其来的新冠肺炎疫情
将人们沉浸在新春佳节的甜梦惊醒
武汉这座英雄的城市经受着前所未有的考验
发出铮铮誓言打一场没有硝烟的人民战争

习近平总书记亲自指挥亲自部署

发出坚决打赢疫情防控阻击战的坚强号令

李克强总理风尘仆仆无所畏惧

和英雄的武汉人民心心相印并肩同行

列车疾驰飞机轰鸣

来自祖国四面八方的医护精英齐聚荆楚大地

车轮滚滚热血沸腾

承载着真情大爱的爱心物资一路风雨兼程

扇扇窗户传出的铿锵国歌响彻夜空

钟南山院士闪动的泪光让我们心扉震动

中华民族磅礴的力量在此时此刻汇聚

疫情就是命令防控就是责任深深扎根在国人心中

口罩勒出的印痕是一道道美丽的风景

剪去一头秀发的你绽放着更加迷人的笑容

平平安安是因为有千千万万个逆行的身影

岁月静好是因为有太多的人不忘初心砥砺前行

一个支部就是一面鲜艳的旗帜
党旗在疫情防控一线迎着风雨高高飘扬
一个党员就是一盏闪烁的明灯
血肉之躯筑起中华民族永远屹立的巍巍长城

面对疫情我们挺起钢铁般的脊梁
握紧拳头向全世界证明龙的子孙一定能行
武汉必胜中国必赢是 14 亿华夏儿女的执着信念
天佑中华必定拥有一个繁花似锦的光辉前程

选自人民网

庚子，战"疫"断想（节选）

·吴基伟

这些天，很多耳朵如风帆似的展开
似乎能兜听天地间所有的秘密

我听见蝙蝠扇动翅膀的声音，回荡
在黝黑黝黑的山洞里
曾经何等喧嚣的世界，一时静寂无声
人类永远不愿慢下来等候的灵魂
是不是该翘首等待，等待
那个叫作人与自然和谐的道理
让习惯主宰和撒野的灵魂
回到天地自然朴素的怀里

我听见人们在不眠的夜晚对着星空许愿

祈愿一座城，祈愿城市乡村的每一扇窗户

都能无拘无束地敞开

都能亮起温馨洁净的光芒

祈愿白色灰色黑色褐色的云

密封住狂野的带毒的雷电

让猝然倒下的我们的亲人

让无辜遏阻的和煦的春风

唤醒十四亿同胞，众志成城

筑起一座座山，锻起一把把剑

握紧一双双手，凝起一颗颗心

铸起打败疫病的天罗地网和钢铁长城

我听见匆匆的脚步声撕破夜的帏帐

远在贵州，我知道，这些日子

很多呼唤倾泻成一场又一场泪雨

医生紧缺口罩紧缺防护服紧缺药品紧缺

你一定要回来你必须早点回来你得平安回来

真是对不起，呼唤面前我们的声音似乎老了

老到忘了世间的万物都有忠奸大义也有漠然悲欢
我甚至知道我的诗句，远不如一个口罩
但我和我们，会在灯火和夜色中
原谅自己甚至人类曾经的冷漠与狠毒
解决好是病毒有毒还是心有毒的简单问题
听雪后轻轻地来又轻轻地去的那阵风，说：
真爱，美好的生命
珍爱，美丽的灵魂

也许，城市的寂静道路的孤独将会被人们遗忘
也许，有些人回来有些人离开记忆逐渐模糊
也许，已经没有了也许
但是，我们将永远铭记
这场灾难面前人与自然和谐的永恒省思
这个鼠年的春天无数人逆行的铿锵步履
还有，属于历史与未来的
那些恐慌、绝望和无助
那些携手、抗击和胜利
那些不离不弃不屈不挠的拼争和希望

这场雪过后，阳光自顾灿烂
千家万户的窗子次第打开了
百花绽放的声音，在高天之上
"绿水青山就是金山银山！"
"宁要绿水青山不要金山银山！"
这声音，始终清晰始终坚定从容！
"实现人与自然和谐发展！"
"构建人类命运共同体！"
这声音，更加强劲更加汹涌澎湃！

选自人民网

守　望

·陆先高

从未想过这个冬天竟如此漫长

漫天飞雪如练裹着疫伤

阴沉的天幕

空空的街巷

有人关闭家门

有人锁上新窗

空气中弥漫着不安

无处躲藏

人说多难兴邦

但此时

平安健康成了唯一愿望

寒夜中

多少人逆风而行奔赴他乡

多少人彻夜不寐苦寻一剂良方

多少人

用血肉之躯筑起一道道围墙

隔绝了病魔

隔绝了死亡

托举起生的希望

那是危难之际

民族挺直的脊梁

肆虐的疫情

谣言与恐慌

在一片静默中滋长

愈加疯狂

但所幸更多的人选择恪守善良

选择以坚强面对迎来的风浪

他们是平凡世界中的微光

却让深沉的暗夜透出震慑人心的星芒

汇聚点滴力量

以照彻长空之势驱散一切阴霾

将黎明的曙光点亮

危难困住了一座城

但困不住守望相助的信仰

若还有什么值得永远向往

那便是天地大爱

人间真情

与心中不灭的希望

选自光明网

你有多美

· 宋青松

那夜病魔袭来，
你忘记了安危，
在最险要的关头，
是你把我夺回。
今天阳光明媚，
外面轻风在吹，
我从噩梦中醒来，
与你默默面对。
我知道那一阵阵厮杀，
把你拼得伤痕累累；
我知道那一天天救护，
让你累得身心疲惫。

我不知你的防护衣下，
身躯可被病毒包围；
我不知你的口罩后面，
脸上是否藏着泪水。
让我用心灵去欣赏，
让我用生命去体会，
让我想一想、让我看一看，
你有多美？你有多美！

选自《北京文学》微信公众号

我的白鸽在春天飞翔

·胡松夏

我的白鸽携带着灿烂的阳光

在春天飞翔

以优美的弧线展开双翼

将光明与温暖带到大地上的每一个角落

穿越阴霾　驱散病毒

用爱的力量融化寒冬的最后一片残雪

等待江城的春暖花开

更有荆楚的草木葳蕤

我深信，时光一定会成为最好的证明

天空悠远，阳光明媚

我飞翔的白鸽

以洁白的羽翼驱散弥漫病毒的尘埃

此刻，病毒仍在负隅顽抗

一场没有硝烟的战争早已打响

舍生忘死　义无反顾

我们要致敬那些抗击病毒的勇士

是他们正在用自己的血肉之躯塑造

新时代的铿锵之韵

我的白鸽在春天的天空

看到了大地上的众志成城

血脉同源，东方五千年的文明继续升华

在没有心灵隔阂的高地上绽放璀璨的光芒

一声鸽鸣，希望写满春天的天空

选自《北京文学》微信公众号

在小汤山致火神山

· 刘立云

"白雪是铺开的记忆。"至少对于我
对于像我这样一个在十七年前
曾经踏进这片沧桑大地的人
是这样的。而天真烂漫的孩子们在雪地上奔跑
在树林里堆雪人，打雪仗
他们知道，雪很快就会被他们
稚嫩的脚，他们热乎乎的小手
暖化；再过两个月
他们就将与满院子的海棠、丁香
连翘、迎春，与满院子迎风绽放的
金娃娃和红宝石萱草，繁花与共

告诉你，此刻我站立的这个地方叫小汤山

正是北京昌平远近闻名的小汤山

十七年前它神秘，令人不安

但现在我是它的居民

它是我选定，而且正在安度晚年的小镇

清晨，我在它的名叫葫芦河和蔺沟河的

两条小河边轮番行走

晚上常常站在它的水泥桥上，眺望星斗

我还要告诉你，小汤山现在大路朝天，寸土

寸金，是北京的一个欣欣向荣的地方

而小汤山之所以成为现在的

小汤山；小汤山之所以在十七年后突然被千里之外的

火神山和雷神山

一声声呼唤，并亲切地引为兄弟

是因为小汤山伫立在这里，是多难兴邦的真理

伫立在这里；是一方有难八方支援的

民族凝聚力，伫立在这里

小汤山屹立不倒，遥远的火神山和雷神山

也必将在暴风雨中，在人们含泪的
期望中，呼唤中
傲然挺立。小汤山与火神山和雷神山遥相呼应
是黄河与长江遥相呼应
中国北方和南方所有的河流，所有的山脉
所有的子孙，和他们的肩膀和手臂
热血和心脏
遥相呼应并患难与共，生死相依

小汤山要对火神山和雷神山说什么？
说狂风吹不落天上的日月
说遥相呼应的这一座座看不见逶迤起伏的山
是从心灵里耸起的山，在血脉中
凝固的山——它们崔嵬，峥嵘
坚不可摧，能承受惊涛骇浪，天崩地裂

选自《诗选刊》微信公众号

来自珞珈山上的春消息

·李少君

庚子年正月初六夜，我从一位武汉诗人的诗里
读到了春消息：春色，已向梅枝暗现踪
珞珈山的林荫道上，久雨初晴，春光乍现

春光乍现，将连日疫情中的阴沉武汉照亮
黄鹤楼、长江、东湖、龟山蛇山和磨山，还有
不时显现的一个个逆行的白衣天使的身影……
——如此真切，如此美好明媚，在昏暗里闪过

是的，没有什么可以抵挡春天如期而至
阻止青草萋萋，树木葱茏，鲜花盛开
没有什么可以遮掩楚天之上白云灿烂闪耀

禁锢春风肆无忌惮地扫荡武汉的每一条大街

也没有什么可以封锁珞珈山上的一声鸟鸣
穿越千山万水，在晨曦微露之际
抵达自我隔离于海南岛上初醒的我的耳边

选自《诗选刊》微信公众号

祈祷与祝福

·张学梦

我认同——
在我们存在的断片与区间
哲学已经察觉
偶然性常常吹落必然性的王冠
决定论也败给了概率
不确定性和不完备
还是编剧和导演……

根据我对生活的体验
必须承认——
有未知和不可知
以及理性不及的茫茫无限

并非一条逻辑在演绎

而是多条逻辑的纠缠……

况且还有撕裂与吊诡

在共同编织

生活的图案……

确实——

每个人

每个单元

都不是孤岛

不可能独立和独善

万物和我们

彼此关联

直接或间接

正相关抑或负相关

万物和我们存在于同一个场

我们和万物

攀升共同攀升，沦陷共同沦陷

熵增共同熵增，熵减共同熵减……

我真认为——

赞美和敬畏

应该普遍

礼赞雄狮，不该轻蔑蚊蚋

歌咏玫瑰，不该鄙夷苔藓

所有存在，都有存在的理由

所有存在，都是预设

一只蝙蝠，一只竹鼠，一只獾

都能让存在的天平倾斜

在我们的小小星球上

我们不能轻佻地独享尊严……

有太多因素难以把控

有太多意外难以防范

因此

居安思危、未雨绸缪、防患于未然

乃生活智慧的要点

不能一味陶醉于凯歌和安好

平日打造方舟

以防洪水泛滥

平日涵养水源

以备应对干旱

要有心理准备

一旦险情发生

不缺对策、信心和勇敢……

我真的相信上苍保佑

我真的相信人类理性以及理性的跃迁

人类生存史证明

人类有能力战胜种种生存考验

我们会同心勠力、彼此相助

我们会集体升华

集体动员

响应生命的召唤

诗人是生产思想的机器

诗人输送温暖

平常日子执守

非常时候值班

我很明确——

祈祷和祝福——

是我诗歌精神的源泉

不论风和日丽抑或天气有变

不论安好岁月抑或意外日子

我的终极祈祷和第一祝福

永远是，过去、现在、永远——

我自己

我的亲人和朋友

所有人

我们人类——

天长地久、健康平安

选自《诗选刊》微信公众号

请战书（外一首）

· 宁　明

每一个指印
都是一颗鲜红的心
怦然跳动在
同一张庄严的白纸上

这些不同的名字
神情格外凝重
像一只只
高举起的宣誓的拳头

每一句滚烫的誓言

和热血一样
在爱的胸膛里流淌
其温度，足以杀死冷酷的病毒

在一场灾难面前
一种相似的奔跑身姿
因方向的截然相反
却留下了两个高下不同的名称

定心丸

有一种特效药丸，能让患上
轻度或重度恐惧症的人
不再心慌意乱
让一颗高悬而无处安放的心
重新回到安宁的生活

这颗药丸的配方很简单

将科学、团结与信任的元素
用爱心轻轻揉捏在一起
就会产生出一种无比自信的力量

今早的新闻报道说
已从全国各地精选出了六千粒
优质高效的"定心丸"
派送到了南方疫区，去解救
那里的燃眉之急

只有我们的国度
才是这种特效药的盛产之地
无论是优质原材料
还是特殊的生产工艺
都已打上了"中国特色"的标签

每天，我要给上前线的爱人
发送一条最温暖的微信
就像从千里之外，也为她送上
一粒增强抵抗力的特效药丸

等　待

·冯干劲

我等待那座城市
重新车水马龙
我等待那冷静的客站
重新展现迎送的目光

新冠肺炎
让我们失去了春节的年味
见面的祝福
更多的是平安健康

那些阻断的码头车站
以及封闭的乡间小路

都是为了一个目标
让病毒不再蔓延

我等待
我静静地等待
等待武汉解封的消息
等待白衣天使脸上灿烂的笑容
等待疫情的消失
等待噩梦过后，雨过天晴
春暖花开

选自"诗网络诗刊"微信公众号

纪 实

·王晓旭

这是一段
被新冠病毒强迫闭门的时日
这是一个
为感染者忧心似焚的春节

我一直热搜
没顾上菜咸菜淡
没顾上"福"字贴得是正是倒
甚至少了，抬头思念天堂的亲人
唯恐，错过突然出现的
最惊喜的医学突破

网络联通四面八方

我目睹充满爱的人间，情一致

与孤独的黄鹤楼焦急地

期待长江两岸，妙手回春的风

尽快死刑那股恶势力

选自"诗网络诗刊"微信公众号

戴着口罩的春天

·丁　哲

这个春天，还没来得及开口
就被一块意外的冰雪，紧紧封住

被封住的，还有星空，你复杂的表情
回乡的路，期盼已久的重逢

只留下眼睛，忧伤，无助，渴望
凝望着这沉沉寒夜，无边风雨

我们不逃离，总要有人在危难中坚守
我们不流泪，多难的祖国让我习惯了坚强

纵使你被迫隔离，依然挡不住我的祝福
纵使你身陷疫区，我始终与你同在

亲爱的，请相信，冰雪终将消融
那来不及说出的爱，终将被春风大声说出

选自"诗网络诗刊"微信公众号

致"逆行者"阿弟

· 苏沧桑

阿弟

鼠年大年初一

八十岁的母亲抚摸着电视荧屏上的你

援鄂医疗队的一百四十一分之一

母亲认不出全副武装戴口罩的你

认出了那个领誓的声音如此熟悉

她隔着屏幕抚摸你

那么轻柔　　像云抚摸群山

如此深情　　像群山想留住云

曾经那么文弱的阿弟

我亦认不出此刻的你

眼神异常坚毅的你

誓把病毒恶魔埋葬的你

我所有的记忆中最美最酷的你

你女儿说，爸爸去武汉是我的荣耀

你妻子说，什么都不想，就想让他多带点东西在身边

她为你送去的行李箱

贴着你的名字和一面国旗

了不起的阿弟

从除夕到大年初一

你无暇回复家人群里的任何信息

你可知道

多少道目光时刻追随着你

每一道目光里都盛满最深的爱与敬意

此去烈焰惊涛

此去星辰大海

我们都在一起

和祖国

和十四亿姐妹兄弟

亲爱的阿弟

厨房窗台外的那树梅花已萌发春意

寒冰终会分崩离析

不平常的日子里

我要学做一道你最爱吃的好菜

等春天来到

等你们一百四十一个姐妹兄弟凯旋一个都不少

我们补一顿你错过的年夜饭痛痛快快喝一顿老酒吧好吗

等你

选自《钱江晚报》2020 年 1 月 30 日

蓝天上，飘过一朵朵白云

·张庆和

生命重于泰山
疫情就是命令
来不及告别亲人
顾不得三思而后行
背负大山的嘱托
铭记江河的叮咛
情系武汉
奔向疫区
我们的白衣天使出发了
携着蓝天上的白云
步履匆匆

疫区就是战场

用责任捕捉恶魔

以生命挽救生命

一双双泪眼想望远方

生的渴求在呼唤援兵

来了　来了

我们的白衣天使

一群敢于亮剑的英雄

疫区就是前线

是战士就敢于冲锋

那里有白求恩施救的劳苦

那里有雷锋穿梭的身影

医生：用意志浇筑高墙

护士：以爱心编制囚笼

扼死毒魔

困住不幸

还武汉一个安宁

还疫区一片晴空

选自"海峡文学"微信公众号

致敬白衣勇士

·杨万宁

有"火炉"之称的那座城市
在这个寒冬里高烧到 39℃
太阳为之惊愕
空气为之凝重

戴上口罩，以隔离的方式
呵护着生命里活跃的细胞
从一双手开始
在流水的动作里保卫健康
那些白衣勇士
告别父母和孩子
怀揣职责和清凉

义无反顾走上战场

扼住罪恶的咽喉
亮出除魔的利刃
医学上的刀光剑影
解剖着不明病毒的温床
我听见，冲锋的号角
在冬天的薄雾中吹响
我看见，血脉的原色
一如殷红的花朵绽放

"有我在，不要怕！"
"有危险，我们上！"
犹如冬天里的蜡梅盛开
何惧妖怪兴风作浪

黄鹤楼上扯下一片白云
为发烧的城市降温
长江水里捧出一颗爱心

为发病的患者疗伤

尽管你看不到
他们口罩遮掩下的美丽
只是那一双双眼睛
就能给你力量和坚强

只要医患齐心合力
定能杀死新型冠状病毒
然后，我们击掌相庆
摘下口罩，让呼吸更顺畅

大寒过去，立春就要来临
太阳正把春天的门环叩响
期盼着，生活秩序回归正常
长江之水依旧静静流淌

选自《长江日报》2020 年 1 月 23 日

我写下的每一个字都是星火

·石才夫

祖先结绳记事
记下一个古老中国
他们钻木取火
点亮巍巍群山，浩浩江河
他们尝百草，铸青铜
留下一个钢筋铁骨
堂堂正正的大中国

韦编三绝
每一卷都散发着虚怀和正直
纸笔墨砚
每一样都蕴藏着刚强与柔韧

黄鹤楼头
白云千载空悠悠
大江东去
沉舟侧畔千帆过

我就是这样的文字喂养长大的
我就是在龟蛇锁大江的地方
看见一座城市的魂魄的
武昌　汉口　汉阳
每一个笔画里
都藏着一段历史，一部典籍，一个故事
今天更是一双眼睛
满含泪水
凝望这蒙难的家园
风浪里的中国

我写下的每一个字都是星火
我要燃一片荒原
照亮故土山河

我要撕一角夜空

为这个春天留下传说

我要为你写一首诗

书写白衣飘飘的身影

歌唱凌寒怒放的花朵

我的文字终将燃成大火

烧灭阴暗、险毒和邪恶

让光明回归光明

让英雄不被冷落

让这个春天成为难以磨灭的记忆

让我们一起高唱

一条大河波浪宽

风吹稻花香两岸

这依然、注定、永远是

美丽的祖国

选自"广西文学杂志"微信公众号

把一朵樱花，还给武汉

·刘　频

今年三月，是谁陪我去武大看樱花
去延续一段旧日的好风景
我记得一九八二年的早春
我的妻子在一树樱花下
散步，读书，嗅闻着爱的气息

但现在武汉病了。这头工业猛虎
呻吟着，发出钢铁的喘息
我听见一个巨大的现代齿轮，骨骼里
传来被吱吱啮咬的声音

一座城市的肺部阴影还在加深

像一副模糊的爱情面孔

封城的武汉，匆匆关闭了一首诗的窗户

在隔离的日子里

一朵樱花确实太弱小了

她做好了干咳、发烧、颤抖的准备

在三月的风中

一朵樱花，是否会应约绽开

从我的旅行箱里探出头来

外面，阳光依然在安静散步

两只麻雀，像一对恋人

飞在晴朗的天气里

但我还是担心

新病毒，变异的病毒

是不是也传染给了武大的樱花树

在千里之外，我还不敢出门

我坚持每天洗手十次，从手心到手背

用一朵樱花的清香

去消除空气里的病毒

这一切

是因为我深爱着武汉

深爱着一朵在苦难中重生的樱花

春天啊，让我一天天走近这座城市吧

我要用三月回暖的爱

把最美的一朵樱花，还给武汉

选自"广西文学杂志"微信公众号

春天就要来临

·唐　曼

我摸了摸今天的阳光，温度正常，也没有咳嗽
它是可以依靠的
病毒这次很生气
它关了我们十四亿人
而我们
也正在想办法把它关起来
我们请了雷神火神

我摸了摸今天的阳光，心里踏实了许多
它是站在我们这一边的
勇士们封了城
援军在源源不断开进

我们的小区、村落、街道正在深挖潜伏的敌人

我双手捧起阳光，敏锐的指尖
感觉春天就要来临

选自"广西文学杂志"微信公众号

祖国，让我去（外一首）

·韦汉权

坚定地写上自己的名字
理了理你白色圣洁的衣饰
无须立下什么重誓
你大步走上前说：
院长，让我去

啊，这是多么简洁的表达
又是多么庄严的许诺
更是最直接的义无反顾
当病毒肆虐，当武汉危急
当被感染者生命之树被摧残
你挺身而出，说：

武汉，让我去

正是春天前最冷的时刻
黎明前最无情的黑暗
也是最能检验人性的考场
一个人的初心和操守
就是对日常中宠辱得失的淡漠
此刻你早已心在疫区
早已身在那一片没有硝烟的战场
你举起右手，说：
祖国，让我去

请　让

请让大地多一频脉动
请让武汉放下悬石
请让长江的水声轻些，再轻一点
请让依然肆虐的北风减少些许锋利
请让我们的呼吸平缓

请让心再宽一些，更宽一些

当然，对于你，可憎的恶魔
这一点一点的请求显然是徒劳的
你就试着放纵吧
当你的对手是一个永不屈服的族群
明天，你将会有显而易见的下场

而今天，我们携手共赴的疫区
我们被浸染的躯体
我们十指连心的兄弟姐妹啊
请让我告诉你们
别倒下，我伸出手的同时
十几亿双手也已经伸出

选自"老鸟传媒"微信公众号

爱，是连着的根与藤

·李乃寒

新型冠状病毒肺炎
如冰冷的雪席卷大地
阴云密布
病魔一寸一寸撕扯着十几亿人民的心
别怕，武汉的兄弟姐妹
我们都是龙的传人
是黄土地里的根长出的藤蔓
不停扭绞，拧结和伸延
从不畏惧雷电霹雳
我们拧成有力的链
握紧温暖的手
向共和国幸福峰顶爬攀

相聚被病魔隔在遥望的对岸
且让亲情在口罩里过滤和深藏
让我们向病魔宣战
让我们的祝福随白衣战士奔赴武汉
迎难而上
众志成城的誓言
吹响打赢防疫抗疫之战的号角
火神山医院的圣火会把瘟神烧死
雷神山医院的春雷会将瘟神碎尸万段
罪大恶极的新型冠状病毒肺炎
在白衣天使的刀剑下，无力生还

从四面八方赶来的战士
把倾斜的生命一次次地扶正
他们夜以继日地忙碌
把无尽的关爱洒向人间
让被病痛折磨的人们重新站起
这是一场无法忘记的灾难
一次爱的根和藤蔓的组装
武汉！为你加油！

病友！为你们加油！
白衣战士！为你们加油！

我不能跨越裂缝靠近你
我能做的
只是以春风的名义温暖你
我能做的
只是从今往后用口罩管住嘴
不传谣言，洗好手，不沾野味
不聚集，不添堵，不添乱
我相信春天温暖的太阳
会驱走所有的乌云
只要我们每个人团结在一起
在黄土地上挺立成一排排树的形象
我们终将迎来快乐、幸福和安康！

选自"老鸟传媒"微信公众号

最亮的星
——写给抗疫一线的医务人员

· 蓝艳秋

风雨淋湿的夜
你是天上一颗星
在宇宙里
拥抱地球
哼最温柔的调
唱最动听的歌
亲吻熟睡的孩子

疫情还未结束
世间满是你的身影
忙在街头
奔赴战场
无人知你姓名

口罩下的面容
只怀一颗热忱的心

"武汉加油！"
你说这句触动你心
而我却在为你提笔
歌颂我心中最亮的那颗星——

对的，宇宙里，银河中
那么多颗星
偏偏
你是无数人心中最亮的
最不孤寒的那一颗！

因为
所有的星都与你
心连着心
彼此照亮
彼此温暖
共同组成波澜壮阔的宇宙星河

选自"老鸟传媒"微信公众号

你的壮举让我热泪盈眶
——写在广西 137 名赴鄂医疗队员出发之际

·牙韩彰

此时此刻
我立即想到的诗句
只能与壮举有关

因为此去
面对的是无法预知的病毒
它来无影去无踪
随时可能击中你的生命

因为此去
面对的是深浅莫测的险情

没人告诉你
那张牙舞爪的敌人
到底来自哪里

也许
在你或长或短的从医履历中
已经有过多次险象环生的出发
但是
我分明看见
你选择的这一次出发
就是你死我活的新战场

不是有人说了吗
这是没有硝烟的战争
可我分明看见
你的眼里早已储满
蓬勃的战火

我不敢去描绘

你亲吻孩子的那一个瞬间

也不敢去细说

你与爱人临别的那一下拥抱

我只看到

你与后方战友的

那紧紧一握

已经铸成历史的记忆

多少年以后

也许人们都会忘记

你今天迈步登车的轻盈与沉着

人们还会忘记

动员大会上的一句句铮铮誓言

但是

我敢于肯定地预测

人们会永远记住

今天

是 2020 年 1 月 27 日

此时此刻

是 16 时 30 分

啊，我还悄悄看见
尽管口罩已经遮挡了
你的大半张脸
只露出那闪烁的一双慧眼
早已让我泪流满面

选自《广西民族报》微信公众号

用生命去拯救生命
——写给奋战武汉的白衣天使

·黄　鹏

除夕的泪珠
在天空的吼叫里
砸下来
初一的心
哭泣了整天

庚子春节
因武汉而冷清
武汉
因病毒而寒噤

冷风寒雨中

白衣天使在逆行

他们毅然冲锋

用无畏去面对疯魔

用无私去抢夺生机

用温暖去激活希望

用生命去拯救生命

选自《广西民族报》微信公众号

这也是战争

·田　湘

有人说，这是一场战争
可敌人是谁？敌国又在哪里
如果说，这不是一场战争
为何又有这么多人离去

隔离、封城！不容怀疑和争论
战斗的号角已经吹响
武汉是主战场，医院是主阵地
敌人的名字叫新型冠状病毒

这是没有硝烟的战争
没有坦克、导弹、飞机、军舰
不见刀光剑影，不闻炮声隆隆

肆虐的病毒带来死亡的威胁
危难时刻，我听到亿万人民的声援
我看到白衣战士挺身而出，坚强无比
构筑起抗击疫情的铜墙铁壁
展开一场保卫人类的大决战

生命至上，这是白衣战士庄严的使命和责任
他们来不及向亲人告别，星夜奔赴一线
他们如壮士断腕，毅然走向隔离区
在黑暗危险的地方与敌人面对面
与肆虐的病毒做殊死搏斗

是啊，在突如其来的疫情面前
绝不容许有任何退路，必须和病毒抢时间
赢得这场生命护卫战
这就是战争，残酷而决绝
这就是倔强的中华民族，绝不向任何困难低头
武汉必胜，中国必胜

选自《广西民族报》微信公众号

天　使

·琼　柳

"用我齐腰长发
换你平安健康"
一个武汉姑娘剃光了头
青丝白马，划过苍穹

小护士，着普通素衣
没有透露真名字，她举起
人性的灯盏，穿行病房
送来汤药，点滴至天明

玲珑的妙龄，如此大气
风其吹女，所向之处草木倒伏

巾帼不让须眉，照看楚河
边界

黄鹤楼上问消息
人传人亦需人救人
大爱者，莫过于寻常
百姓，解腕净化生活

选自《广西民族报》微信公众号

妈妈家天台上的那颗辣椒朝天红

——2020 年 1 月 25 日大年初一纪事

·梁　洪

初一清晨　在一片暗灰里
我看见　妈妈家的天台上
唯一的辣椒　朝天而红
好像昨夜　没有冰雹来过一样

鞭炮声　从城外的石砲坡
或者再上面一点的旺子坡　传来
微弱　零散　比童年还远
却让寂静　更加辽阔

冷风吹过
冻雨下来

乌云翻滚

我目光所及　灰蒙一片

桂西高地的天　是这个样子

武汉的天　是这个样子

湖北的天　是这个样子

中国的天　都是这个样子

我才知道

昨夜我能如此安心入睡

是因为有人为我视死如归

黑云压城

你是躲不过重压的一块砖

站在你该站在的地方

我们就会拥有一座城堡

就像妈妈家天台上

那颗朝天而红的辣椒

即便是冰雹

它也不低头

选自《广西民族报》微信公众号

他们深爱着这疾苦的苍生

·普缘阁

当我们忙着买口罩
忙着准备年夜饭
忙着讨论是否取消亲戚间的拜年
忙着退旅行的机票车票
忙着一边看春晚一边戳红包
忙着在朋友圈里拜年
忙着发各种牢骚与感慨的时候

有一群人安静而迅速地集结着
往武汉
出发，出发，出发！
她们，他们

他们是父母的孩子

孩子的父母

爱人的另一半

以及

家里的小乖乖或者

唯一的顶梁柱

他们与我们唯一不同的

只是身着白大褂

或者白大褂里还套着军装

一张张生死状

一张张请战书

鲜红的拇指印跳动着

我们对生的希望，以及

他们必胜的决心

他们被称为

“最美逆行者”

但我更看到

一个个奔赴战场前的紧紧的拥抱
不安，不舍，不忍
孩子的号啕大哭
父母花白头发下的千叮万嘱
爱人担忧却欲言又止的眼神

是啊！
他们只是肉体凡胎，不是神
但每当这样的时刻
他们总是能立刻披起白色战袍
义无反顾地在撤退的人群中逆行
化身为神一般的存在

哪怕
昨日伤医事件的伤口还隐隐作痛
哪怕
被误解被辱骂的委屈还起伏在胸口
但无论是在"非典"时期
还是此时的新冠肺炎疫情

我只看到他们坚毅的眼神

在病床前沉稳忙碌疲惫

却从未停下来的身影

换下防护服时

被汗水泡得发白的皱巴巴的手

被防护口罩勒出深深印痕的脸

以及无怨无悔的爱

爱，大爱

他们深爱着

这人世间的美善

也深爱着

这疾苦的苍生

选自《广西民族报》微信公众号

命运之战

· 杨 辉

命运之神一次又一次在人间
开着寂寥的玩笑，让人们不断折腾
疲于奔命。喜怒哀乐丛生
惊慌与忧虑在内心升起
就如巨大而阴暗的夜幕，从天际
徐徐而落，笼罩一切

"非典"，埃博拉
猪瘟，新型冠状病毒
每一个病理名词，都如一块块
狰狞的巨石，被命运之神
把玩之后，扔进花团锦簇的人间

由此而形成的风暴，波及很远

驻扎人间的天使，黑云压城之际
被一阵阵警报声猛然惊醒
张开洁白的天翅，飞翔于空
一群群天使战士，手提战剑
以忠勇和热血，守护人间

东方之城，我看到旌旗猎猎
钟南山，老帅又披战袍
"我可以上，但请别告诉我妈妈！"
一封封请战书，一枚枚鲜红手印

病毒何所惧，牺牲何所畏
集结号吹响，就冲锋向前
只是挡不住泪水模糊双眼
挡不住人间的暖
最是动容的誓言，在心底呐喊

这是一场人性的美好与欲望的较量

这是一场人间天使与命运之神的鏖战

手握长缨，我仰空长啸

白马嘶鸣，命运由我，不由天！

选自《广西民族报》微信公众号

寻找英雄

·荣　斌

一场疫情，使得这个年节，冷冷清清

悄然弥漫的恐慌，像雾霾，笼罩人间

当战斗的号角吹响

勇士们来了，在迎着太阳升起的地方

他们神情肃穆

从南到北，从北向南，从东到西，从西向东

他们无畏逆行

他们以不怕牺牲的勇气，走进黑暗

他们以天使的姿势

将光明和希望留给蓝天，留给大地

留给一个又一个

被病毒肆虐的城市与乡村

我相信，每一场疫病，都是上天

种在人间的罪恶之花

和平安逸的岁月

我们总是梦想成为英雄

歌舞升平的日子

我们还会抱怨：这个年代没有英雄

但是，一场突如其来的疫情

却让所有的人发现

我们的身边，到处都是英雄——

他们是医生、护士、解放军战士

他们是小区保安、环卫工人、城管、公务员

他们是保洁阿姨、联防队员、人民警察、居委会大妈

他们是左邻右舍，是远亲近邻

和我们一样，他们是一群普普通通的人

是我们熟悉的兄弟姐妹

他们是无名英雄，他们无处不在

选自《广西民族报》微信公众号

逆行的背影

· 周统宽

路不漫长
黑云压低天空
你默默地逆行
向着湖北
向着武汉
你不左顾右盼
亦不理会身后
拖着死神的梦魇
还是沉重的犁耙

你只有一个方向
那就是疫情严重的地方
只有迈步向前

才能穿过黑夜的长廊
抢在死神前面抵达黎明

默默地走哦
不掉一滴泪水
沉重坚定的脚步
不知带着多少企盼和牵挂
又留下了多少温暖和遗憾

泪眼已模糊所有关闭的门窗
唯有你逆行的背影
在我心中越走越清亮
引着我穿越恐惧与迷茫
仿佛一座灯塔
点亮胜利的希望
我要备足我的热血和泪水
等你凯旋
将你逆行的背影擦得更明更亮

选自《广西民族报》微信公众号

我们和你肩并着肩

·又 见

这一夜注定辗转反侧，无法安眠
飘飞的思绪历尽万水千山
随着漓江，过界灵渠，流入长江
定格在珞珈山上
水依着水，山连着山，我们和你肩并着肩

凛冽的北风肆虐，古老的城墙唱着楚歌
放纵的恶魔浸染着不屈的灵魂
洁白的鸽子一排排，一浪浪
那是生命的天使，招展着红旗过大关
一方有难，八方支援，我们和你肩并着肩

这一刻，请战的血书何止千千万万
战斗的号角响彻长江两岸
口罩遮不住每一双温热的臂膀
从 84 岁的老帅，到年轻的志愿者
不计报酬，无论生死，我们和你肩并着肩

过往的艰难和沧桑，都过来了
昆仑峰啊紧紧相连，黄河浪打浪
14 亿人民手牵着手，心贴着心
历史将定格，不远的明天，拨云见日光
因为，我们始终和你——肩并着肩

选自《广西民族报》微信公众号

同一个方向

·白石头

从郑州出发，510 公里
从北京出发，1100 公里
从南宁出发，1200 公里
从哈尔滨出发，2400 公里
目的地只有一个，疫区武汉

从菲律宾马尼拉出发，2000 公里
从日本东京出发，2300 公里
从德国吕贝克出发，8100 公里
目的地只有一个，疫区武汉

战争已经打响

硝烟正在弥漫

此时此刻

一拨又一拨医疗救援队置生死于度外

是"最美逆行者"

一支又一支临危受命的士兵发出铮铮誓言

是最坚固的长城

一批又一批援助物资疾驰运送

是最动人的风景

在同一个方向上

他们展现出中国速度，世界情怀

他们是英雄

是疫区人民心中的希望

是最灿烂的阳光

爱心没有距离

奉献不分职业

在同一个方向上

抗击病毒超越了疫区，超越了国界

医务工作者勇敢地与瘟神搏斗

病毒学实验室不分昼夜运转

成千上万的公务员坚守岗位

无数的乡村干部进村入户调查登记

越来越多的国际友人加入攻坚克难的行列

还有那些胸怀祖国支持前线勇士的家人

那些在后方静心祈祷慷慨解囊的百姓

那些听从指挥主动隔离的病人和村庄

同舟共济，众志成城

抗击病毒是用生命抢救生命

在同一个方向上

人们开始静静地问自己

生命的真谛是什么

怎样建设和谐的家园

人类应该如何对待自然

有人说，生命就是生命，没有贵贱之分

有人说，人类只是生命的一种载体

有人说，人类要崇敬自然，与宇宙万物连成一体

有人说，我们无权宰杀别种生命体，无权破坏自己的家园

有人说，我们的内心要充满慈悲与理解

生命重于泰山
在同一个方向上
人类正在审视自己的不足
正在不断地改变与成长
人性，正在绽放璀璨光芒

选自《广西民族报》微信公众号

逆行的天使
——致敬所有驰援武汉一线的医务工作者

·丘文桥

我在城市和乡村的道路上漫游

偶尔看见窗外的白云

一种疫疬　像寒风一样

在荆楚大地扩散

向南　向北　向东　向西

在庚子年的春节

给神州大地拖出铁链般划过的伤痕

沸腾的眼泪还没有奔腾出来

口罩掩盖了我们的笑颜

朋友圈里都在传说这一场没有硝烟的战争

那些殒殁的花朵被傲慢的病毒改了名字
暴风骤雨般的侵袭　携着蔓延而至的病毒

是他们
本可以透过荧屏沉醉于舞台上的流光溢彩
感受春天的喜夜
是他们
没有退却，没有畏惧
他们穿上白色的制服　整装出发
用不同寻常的辞别
安抚整个春天

用阳光酿一壶酒　清醒黑夜
逆行而去

我爱慕这样的白色
反复闪烁
给我们描绘天使的模样
给我们的惶恐戴上口罩

春风依然饱满而轻盈

无数人感动得热泪盈眶

诠释了所有"逆行者"的风采

选自《广西民族报》微信公众号

是前线也是防线

· 曾宪瑞

都说这里是前线，
却不见枪林弹雨和硝烟，
昼夜忙碌的白衣天使，
寒冷中送来温暖的春天，
呵护大自然和人类的友爱，
不让危害生命的疫情蔓延。
众志成城，化险为夷，
一声号令筑起牢不可破的防线。

都说这里是防线，
只见那昼夜苦战和无眠，
唤醒人类的美好良知，

从此不再伤害大自然。
珍爱大自然给人类的恩赐，
为以往的过错真诚地道歉。
恢复健康，回归平安，
一夜春风又是万紫千红的家园。

啊，前线，
我们不说再见，
啊，防线，
我们依然在线。

选自《广西民族报》微信公众号

火神颂

·何述强

眼中闪过的火焰
知道你的到来
胸中激荡的热血
知道你的存在
把手交给手
一起越过恐惧的障碍
以心温暖心
一同驱散病毒的阴霾

这古老民族的神
来自神话世界
这无畏的"逆行者"

来自五湖四海

铿锵的脚步

托起灿烂燃烧的云彩

无形的神山

垒起人间滚烫的大爱

传递你的温度

越过恐惧的障碍

点燃你的光亮

驱散病毒的阴霾

托起灿烂燃烧的云彩

垒起人间滚烫的大爱

选自《广西民族报》微信公众号

你的背影如此美丽

·陆　坚

危难降临，总有一些目光注视黑暗，
艰难时刻，总有一些步伐逆行而上，
当天空沉默无语，当大地留下沧桑，
你舍弃相聚要去最危险的地方。

你大步走来又大步走去，
逆行之路，义无反顾，勇敢担当；
你的背影写着坚定的请愿，
你的背影闪耀信仰的光芒。

你毅然奔向危难的深处，
在黑暗时刻打开黎明晨曦；

黑夜里，你的背影如此高大，
阳光下，你的背影如此美丽。

选自《广西民族报》微信公众号

情牵天下

·李宗文

暗夜的江水诉说忧伤
逆行的壮士将炽火点燃
魔百尺　人千丈
我看见你背影伟岸

沸腾的热血八方涌来
再陡的山关都无法阻拦
历险境　忘生死
我看见你泪光闪闪

苍生大医
情牵天下披肝沥胆

国士无双
脊梁笔挺宁折不弯

啊,
长江有情停起浪
高山无语泪光暖
啊,
一肩担当写满铮铮誓言
两行热泪装下黎民平安

选自《广西民族报》微信公众号

这一刻相拥

· 区晓菲

我听见坚定的声音
响彻出发的清晨
我看见匆匆的背影
让思念洒满征程

生命呼唤生命
手心牵着手心
千里万里奔向你
风里雨里总关情

这一刻相拥
这世界冰雪消融

这份爱跨越时空
这一刻相拥
风雨中生死与共
在一起就没有伤痛

挺起胸　中国龙
有爱就有彩虹

选自《广西民族报》微信公众号

爱是无私奉献

·蓝瑞轩

温馨的祝福还没说完，
阻击战号令传到了耳边。
告别亲人去挽留亲人，
你用爱找回生命的春天。

亲人的生命重于泰山，
我看见汗水湿透你衣衫。
舍了小家就为了大家，
你用爱浇灌枯萎的白莲。

爱是无私奉献，
牵挂着亲人的冷暖。

爱是美丽心灵，
书写着圣洁的平凡。

爱是一缕春风，
吹开了久违的笑脸。
爱是一滴甘露，
滋润着苦涩的心田。

选自《广西民族报》微信公众号

大　爱

·羊　狼

江城，在呼唤
武汉，在呼唤
一腔热血，出发！

阴霾流动在长江黄河上
乌云也遮蔽了日月山河
庚子之殇，利刃出鞘
英雄之气，胸中喷薄！

啊！
哪怕它疫情肆虐，使命重担在肩
哪怕它天寒地冻，满腔热血沸腾

熊熊燃烧

江城，在呼唤
武汉，在呼唤
一腔热血，出发！

手牵着手筑起防疫城墙
心连着心释放人间温暖
正道沧桑，共克时艰
无疆大爱，覆盖人间！

啊！
哪怕它疫情肆虐，红心依然闪动
哪怕它天寒地冻，并肩作战前进
前进，前进

选自《广西民族报》微信公众号

家园平安大地春

·农秀红

这个冬天有点冷
我们的家园遇上病毒暴风
未知的威胁侵犯健康
已知的无畏驰援出征
为生命守护，与时间赛跑
隔离中安静，战斗中奋勇
你可知道，顽强抗疫
托起团圆祥和

这个春天不会冷
我们的家园感受热血沸腾
冒着感染危险，冲锋救治

冒着冷雨寒风，巡逻执勤
为生命守护，为生命站岗
坚守的初心，坚守的忠诚
我们知道，不撤不退
托起万家灯火

生命中一条绿色通道
生命中爱的力量涌动
山河在，广阔天地在
荆楚在，华夏脊梁在
众志成城战毒魔
家园平安大地春

选自《广西民族报》微信公众号

一起挺住

·大 朵·

风，仿佛停滞

雨，无声无息

病毒来势汹汹，扫荡大地

春天的脚步迟疑

所有的目光聚焦疫区

同心协力

举国上下奋起抗击

千万个希望凝成一股绳

请相信

一定能缚住这恶龙

信念的力量传遍心底

你，奔赴疫区

我，全力支持

我们最虔诚的祈祷献给你

挺身而出的战士

我的好姐妹，我的好兄弟

一起挺住

万众一心同舟共济

渡过难关夺取最后胜利

到那时

春风温暖花开遍地

万里江山将美丽无比

选自《广西民族报》微信公众号

春天的花和你相拥

·林　虹

春天的花，一丛丛
我们在风中相互叮咛
你的眼里泪花晶莹
今夜的我将逆风而行

春天的夜，灯光明
我们在努力还生命安宁
把你的伤痛轻轻抚平
默默守护你到天明

我的身影为你而行
春天的花和你相拥

守护着你，守护生命

这是世间最美的情

春天的花，一丛丛

春天的花，一丛丛……

选自《广西民族报》微信公众号

有爱就会有希望

·欧阳杰

你坚守的地方

没有硝烟却是战场

没有誓言铿锵

没有战歌嘹亮

却有你默默担当

你奔赴的地方

危机重重狂风恶浪

艰险不能阻挡

奉献就是信仰

何惧那雪雨风霜

祈望你平安无恙

祈望你健康吉祥

战斗已经打响

胜利就在前方！

有爱就会有希望

有你就会有力量

有难共同担当　遇险逆风飞翔

让世界美丽芬芳

有爱就会有希望

有你就会有力量

手挽手向前闯　肩并肩一起扛

幸福平安地久天长！

选自《广西民族报》微信公众号

逆风飞扬

·蒋忠民

有一种情怀叫大爱无疆，
有一种勇敢叫逆风飞扬。
寒冷的夜晚你点燃光明，
危急的时候你高擎希望。
勇士的脚步从没有退缩，
英雄的赞歌唱响了曙光。
长江之滨，逆风飞扬。
众志成城，斗志昂扬。

有一种忠诚叫家国情怀，
有一种信任叫彼此守望。
温暖的春天大爱满人间，

平凡的生活充满了阳光。
勇士的脚步充满了正气，
英雄的赞歌天地间回荡。
逆风飞扬，雄鹰翱翔。
山高水远，无限风光。

选自《广西民族报》微信公众号

呼　唤

·桐　雨

空寂的街巷
阴霾抑制着芬芳
一场疫情战
挡不住樱花开放
只要我们携手
冲破层层迷瘴
无情的病魔必将成殇

漆黑的夜晚
你打开了那扇窗
明亮的灯光
温暖了你我心房

一声声呼唤

让黑夜不再漫长

阴郁的时光随风消散

武汉加油，加油武汉

一声声呼唤

温暖了你我心房

等到黄鹤楼上阳光灿烂

我们在樱花树下

听那鸟语花香

听那鸟语花香

选自《广西民族报》微信公众号

为爱守候　为爱前行

——为武汉加油

· 丘晓兰

假如我是一只小鸟

那么，报春，布谷，鸣翠柳

都是我雀跃和欢喜的鸣叫

然而我也会用嘶哑的喉咙歌唱

这被病毒的暴风雨所打击着的土地

这汹涌着无数人的悲愤的河流

这无止息地吹刮着阴霾的激怒的风

和那来自每一个人心底的无比温柔的黎明

2020年的春天，这是一个多么奇特的春天

一个叫新型冠状病毒的幽灵

暴发在九省通衢武汉

咳嗽，发烧，肺发炎，甚至无症状却能高传染！

一拨拨白衣天使奔赴没有硝烟的第一线

一笔笔来自天南海北的捐助

一批批发自爱心的物资

汇集湖北

一个个你我，也过起了戴着口罩的新年

我五千年璀璨文明的祖国啊

你开启过天高地朗的盛唐

你造就过最温文尔雅的谦谦君子

你也曾冷漠地，任凭朱门酒肉臭路有冻死骨

不要问我为什么

为什么我的眼里常含泪水？

因为这土地，还匿着灾难与无尽的哀伤！

然而我们，却坚定地抱持希望

因为我们还有冲向第一线的共产党员

还有来自每一个人心底的，无比温柔的黎明

那黎明

就是一拨拨白衣天使逆向前行奔赴没有硝烟的第一线

一笔笔来自天南海北的捐助

一批批发自爱心的物资

一阵阵如春潮涌动的关注

汇集湖北

亲爱的武汉的姐妹兄弟，亲爱的湖北的姐妹兄弟

加油！挺住！

你们的背后

有无数个你我，在为爱守候，为爱前行！

选自《广西民族报》微信公众号

小雪去后

小雪离开了新婚的被窝
还来不及擦干净脸上
因为我们过于恩爱留下的痕迹
去了武汉
去时，换上了洁白的衣裳

第一天，小雪说害怕
第二天，小雪说想家
第三天，小雪什么也不说了
第四天，从此小雪音讯全无
昨天，我看到她们蜷缩在地上的图片
一个，两个，三个，好多个
她们都很洁白，我认出了右边第三个

因为她的睡姿，像第一次在我怀里颤抖的样子

哦，亲爱的小雪
如果二月你不回
三月我去找你
如果春天你不回
夏天我去找你
见面时，我们要有久别胜新婚的样子
你双手勾着我的肩
双脚轻轻踮起
当我们双唇相对
都想到了三年前蚌埠的那场雪

那场雪，才下了一半
便停了
没下的那一半
变成了夜雨
沥沥下了三年

选自《广西民族报》微信公众号

孩子，请别慌张

·林超俊

孩子，这个冬天飘着美丽的雪花，
也有猖狂的病魔，
如幽灵出没，
摧残刚刚盛开的花朵。
孩子，请别紧张，
叔叔阿姨来为你守护，
和你在一起，
帮你驱赶这人间的恶魔！

孩子，这个鼠年的春天来得有点早，
似乎不吉利，有点鼠头又鼠脑，
你喜欢的"米老鼠"和"蝙蝠侠"，

有时可能会伤害你。
孩子，请别紧张，
叔叔阿姨来教你保健操，
学科学，多运动，
这样身体才更好！

孩子，这个地球有一个地方，
从多灾多难中闯出了辉煌，
磨炼我们战胜恶魔的本领，
如今屹立在世界的东方，
那就是我们伟大的祖国！
新时代的春风浩荡，
将扫除你头顶上的阴霾和恐慌。
你看，希望的田野上，
到处是明媚的春光！
老树枯藤长出了嫩嫩的绿叶，
野百合开了，油菜花开了！

孩子，请别紧张，

叔叔阿姨来把你诊治安康，

尽快离开病床，

走向生机勃勃的大地，

回到家里，

和爸爸妈妈一起，

和你的小伙伴一起，

把春天的歌谣唱响！

选自"梧州诵读"微信公众号

流向武汉的另一条长江

·韦显达

非常之时，启动非常之举
是站起来富起来强起来的中华民族
在邂逅大险大疫大苦大难中修来的
镇定沉着

此刻，我看到身处长江边上的武汉城
红灯笼红对联被口罩、手套、防护服和消毒水切割
党中央国务院彻夜点亮
无眠的灯

此刻，我看到机场、车站、码头
给拥挤的年退票

南下北上东进西出的匆匆乡愁
自觉暂停

此刻，我看到城市、乡村、社区、千家万户
以视频恭贺新春，用网络走亲访友
科学和理性交集成
流向武汉的另一条长江

选自"金竹潭文学"微信公众号

中华无恙

——写在全国人民抗击新冠肺炎之际

·王国平

针尖凝聚力量

点滴传递坚强

万顷大爱入长江

愿我的亲人无恙

愿你无恙，愿他无恙

我们心手相牵

真诚守望

病房连着心房

自强紧握坚强

十四亿脊背挺成梁
愿我的祖国无恙

武汉无恙，中华无恙
我们携手并肩
拥抱吉祥

愿你无恙，愿他无恙
武汉无恙，中华无恙
我们携手并肩，拥抱吉祥

选自"成都文学馆"微信公众号

一切都会过去

·彭　毅

世间所有的事

无论　过得去过不去的

都会过去

只是　表达的方式

有的　当初忧郁　悲壮

有的　早已在岁月的长河里

轻描淡写

尽管喜庆的日子

已被口罩遮蔽　好吧

我们就淡然地越过恐慌

远离喧嚣

让城市变得宁静
让家里的锅碗瓢盆交响曲
有节奏地响起
亲情与友情虽不能相聚
我们就让爱的暖流
在指尖的手机上流淌

光辉岁月　　往往与艰难同行
平衡的天平上　　你能说出
左边与右边　　谁重谁轻
"所有命运赐予的礼物
都在暗中标好了价格"

苦难会过去
忧伤与无奈也会过去
待到春暖花开时
一切都会过去

选自"成都文学馆"微信公众号

初一凌晨送战友出征歌

・陈先义

军号已吹响，
战士要出发，
凌晨是初一，
命令已下达，
送行的饺子还没开锅，
床上躺着酣睡的娃娃。
再见吧！
温暖温馨的家，
目标直指武汉，
保卫咱们爹妈，
我亲爱的人儿，
就此再见啦，

你不要眼含泪花，你不要将我牵挂，
是军人就要去战场，
是好汉就须一线摔打。

啊，亲爱的战友们！
人民的安危，
是催征的命令，
向着湖北，向着长江，
我们开拔，
我们开拔，
军情如火，
我们立即出发。

燃遍山河的鞭炮，
是给我们送行的礼花，
请听我们凯旋的捷报，
我们将用胜利向人民回答。

选自"红色文化网"微信公众号

做一个冷静的思想者

·张　况

在大灾大难面前
做一个冷静的思想者，做一个
沉着的爱国主义者
比什么都重要

有时候，不置一词
就是对祖国和人民最大的爱
就是对历险者和医护人员最大的支持
有时候，不着一字
才能做出世上最大的文章

瞎嚷嚷和干着急都是徒劳的

根本帮不上忙，也无济于事
跟瞎起哄添堵添乱
没多大区别

每一个生命都值得尊重
每一个人都有属于自己的尊严
灵长类不可能向病毒低头

不惧风险，沉着应对
兵来将挡，水来土掩
有时候，沉默才是对潜在敌人
最有力的回击

相信办法总比困难多
相信疗救总比病菌强
相信一个伟大的民族绝不会被一时的困难吓到
相信生活终将回归美好

安静！请保持安静！

定力！请保持足够的定力
请每一个人都努力做好自己
只要你那颗慈悲之心
真的为众生的安危悬着就好

相信时间是最好的魔术师
相信这世上没有过不去的坎

选自"封面新闻"微信公众号

武汉大救援

· 陈群洲

在写武汉历史的时候
我们会写到辛亥。在武昌打响的第一枪
写到一群革命党人，在中和门
为推翻封建帝制而舍生取义
写到黄鹤楼和长江大桥

未来，我们会写到庚子。这一年的春节
写到位于江汉区发展大道上的华南海鲜市场
写到一场罕见的流行病。写到封城
写到申请书。写到他们
从四面八方赶过来驰援的勇士

写到五百里外的一位衡阳青年。他在请战书里写道
如果这是一场国难，我愿意为国难赴死
作为一名战士，我必须去

写到一位我们不知道名字的未婚女医生
下班回家与亲人团聚的路上
不顾妈妈的恳求，让出租车司机掉转车头
赶回医院，去参加另一场新的战斗

选自"诗歌高铁"微信公众号

白衣天使

·龙小龙

我要歌唱，尽管我强忍哽咽

也要语不成调地歌唱

为你们，我亲爱的美丽天使

但我怎么也唱不出来

我深陷于平安的大后方，却无法心安理得

尽管我的喉咙哽阻

也要为你歌唱

你们收拢翅膀告别了自由安逸的天空

用无私的情感，用无限的热爱

疗愈着大地无辜的创痛

抚慰着在寒冷中踉跄中奔逃的酸楚

你们本是娇弱的花朵

却有一身刚烈的铮铮铁骨

在凛冽中绽放

有限的血肉之身燃烧着最大限度的正能量

打开岁月的关节，剔除冠状的暗物质

我爱你的洁白

唯有用朴素的诗歌向你表白

你的白就是一个不染尘埃的春天

我极尽一生追求的梦

铺满人间大爱，纯粹无可替代的生命本原

选自"诗歌高铁"微信公众号

挺住，武汉

·冉启成

我的贡献小得仅仅待在
家里。说每一句感动，说每一句赞美
也小得那么无力
我知道，在家待着，甚至
带动亲友在家待着，也是一种努力
起码不给我忙活的祖国添堵、添乱
毒魔无情，人间有爱
这是一场没有硝烟的战斗。
在家待着，我不看春晚
只看除夕夜奔赴前线的英雄身影
我也记住了，这些请战出征的名字
记住了我的感动

我用我一个公民该有的敏感

连通着祖国、医护卫士、公仆

和此刻不安的同胞。

这本是一个丰年

节日喜悦的脚步已在路上

这无情的冠状毒魔，在年关

使武汉蒙难，全国告急

归心被越来越紧的疫情

封在了回家的路上。

不想责怪，不想诅咒

我只想祈祷：武汉挺住

万众一心，我的同胞。

挺住这一关，84岁的钟南山说了

暂时的分隔不薄情

最好的措施，是大家为大家休好

一个暂不往来的十四天"长假"

春天就在不远的地方微笑。

不想责怪，不想诅咒

我的贡献太小太小

待在家里

我只想为我亲爱的祖国、同胞

祈祷，为武汉加油

选自"诗歌高铁"微信公众号

站在风口浪尖上的湖北

·刘贵高

辛亥革命的枪声已远。滚滚长江
浩荡着一泻千里的大潮
此时此刻，站在风口浪尖上的湖北
被一场持续发酵的疫情敲打
透过还在刷新的数据，我看见了眼泪在飞
看见了内心深处汩汩流淌的热血

站在风口浪尖上的湖北
一场与生命赛跑，与时间竞速的大爱
正在急剧上演。我的英勇而无畏的湖北
在这个没有硝烟的战场上
白衣天使们按下红手印，用生命立下契约

"驰援"，成为这个新年最为动人的词语

站在风口浪尖上的湖北
疫情之下的真实故事令人动容
"挺住"和"加油"虽然苍白
却蕴含着发自内心的祝福
活着就好。活着，就是希望

站在风口浪尖上的湖北，我的湖北！
永远那么和蔼
依然那么亲切

选自"诗歌高铁"微信公众号

只为花开

·庞 媛

2020 年
本该来的是一场盛大的欢聚
却迎来了一场肆无忌惮的疫情

有一群人
选择逆行而上
与病毒越走越近
与时间赛跑
与亲人离得好远好远

病毒变异后有超强的生命力
白衣天使　血肉之躯

他们顷刻化身为钢铁战士
心炽热，血沸腾，筋骨柔韧顽强

祖国的春天即将来临
懵懂的花蕾不知道这个寒冬有多么惊心动魄
也不知道明媚中暗含多少扎心的光芒
大地输送养分，枝干涌动热血
甚至不惜和黑暗、风雪、死神频频交手
斗个片甲不留
只为摇曳一树一树的花开

选自"四眼看世界"微信公众号

挺进疫区（外一首）

·姚　瑶

猝不及防的新冠病毒
袭击武汉。挡不住军人的脚步
大无畏挺进疫区中心

军人挺进，所有的山
都低下了头
江城武汉，春风渐暖

没有硝烟的战场
军旗飘扬，在和平年代
抒写无畏与担当

"逆行者"

窗外的雪，一直下一直下
在武汉，在疫区
你毫无惧色把整个春节删除
删掉与亲人团聚的机会
开启一座关闭的城门
你逆行的背影
写满了祝福

口罩后面
掩去你的面孔，但掩不住
那一颗跳动的心
金子般的光芒
律动了中国

选自《贵州日报》微信公众号

祖国，祝您平安（组诗）

·白俊华

相信春天

这个冬天，一场突如其来的疫情
让我的祖国，寝食难安，憔悴容颜

病毒躲在暗处，肆意阻断团圆
担忧，甚至恐惧，疯狂抢夺温暖

危险还在。一些人正在追赶时间
战况紧急。一些人早已奔赴前线

从天南，到海北。从北京，到武汉
忠诚，抑或热血，撑起一片蓝

此时，春天已经站在不远的路口
睁开嫩绿的眼

白衣天使

或许女儿。或许妻子。或许母亲
这个除夕，阳刚取代柔美
红红的灯笼，照亮一条又一条铁轨

家在千里之外。家，也近在咫尺
爱己，也是爱人。爱人，无怨无悔
当一个人，正在追赶另一个人
春，早已在冬天的尽头悄悄明媚

思念的当口，只能用职责烘干泪水

为了更多的生命不再枯萎
弱小的身躯，顶起天空的低垂
汗流得太多。每一滴，都写满珍贵

我知道，在这个特殊的时刻
所有赞美都是虚无
只求你，一路平安，早日回归

祈福平安

多灾多难的民族啊！祈福你
尽快走过冬天
如果可以，今夜，我去戍边

新冠病毒，燃起一道道狼烟
有些亲人倒下了
还有另外一些亲人，正在战场
争取宝贵的时间

没有什么比生命更值得珍惜

祖国，你的儿女

每一颗心，都在律动善良

此刻，最大的善良就是平安

你平安。我平安。他平安

祖国，只有你的平安

才有最美的明天，或春天

选自《贵州民族报》微信公众号

致敬白衣天使

·倪慧娟

在疫区，你满含眼泪
每一次无奈地放手
都是心灵的煎熬

狠心断了母乳
不忍，直视孩子的眼睛
七个月的宝贝啊
妈妈，需要上前线

隔离了，传染源
隔不断，心中的信念

你们，签下请战书
义无反顾，赶赴疫区支援

谁是最可爱的人
是你们啊，美丽的白衣天使
是你们，冒着被传染的风险
夜以继日，守在疫区的第一线

要相信，爱的力量
那是一种，坚不可摧的情怀
致敬每一位白衣天使
相信，我们一定会迎来胜利的一天

选自《贵州民族报》微信公众号

请战书

·牧 村

把义无反顾写在纸上
让每个词充满血肉，碰撞出
生命永恒的火花

武汉发出的疼痛
牵动着祖国母亲，牵动着
亿万中华儿女的心

一张薄薄的纸笺上
有你的签名——吴燕，苏俊威……
让誓言成为

惊天地、撼山河的铿锵诺言

武汉并不孤单
有党，有十四亿中国人民，
有召之即来，来之能战的人民解放军
我们同舟共济，众志成城

选自"诗生活"微信公众号

好好地说着温暖的话

·曹　翔

曾经繁华热闹的都市听不见鸟鸣
远方的山水都沉默不语
我足不出户，只能胆怯地守在家里
救赎自己。想象着丛草、果实
以及森林里的蜈蚣、蝙蝠
像在悼念一位好友
我也是它们的同类

有时候，一件事情发生了
却仿佛不曾发生过
其实，从来没有什么岁月静好
只是有人在替我们负重前行

这个季节，即使戴上口罩

我们也要用眼神传递坚强，传递祝福

好好地，说着温暖的话

黑暗终将过去

·韦武康

不用站得很高
从 2020 年，最初的天空
我看见一层低低黑黑厚厚的云
自江城武汉的方向
压过来，就这样压过来
没有商量，天空的黑
我似乎看见，一只只蝙蝠的黑
翅膀的黑，手掌的黑
挥舞。扩展。

不用问大寒的好
我知道，我熟悉的街道、广场

有黑的滚动。笼罩。

我不完全知道，黑暗的高度、厚度和深度

堵住了多少回家的路

掐断了多少花朵和鸟鸣

我不完全读得懂的冠状，核糖核酸

看不见的手，夺走了多少生命

是谁可以主宰这样的黑暗？

是看不见的病毒，黑色的翅膀？

不，神州大地，我听见了北京的声音

疫情就是命令，防控就是责任！

站在窗前，抬眼望去

蒙蒙的细雨中，我不问长江南岸的黄鹤楼

我听到了抗击的声音、坚定的脚步

是的，在我楼下空荡荡的大街上

在楼道一缕乙醇的消毒气味中

不相信眼泪

我相信那些"逆行者"的脚步

相信一个 84 岁的声音

相信那些机智的坚毅的眼神

一大片，有序而移动的防护服、护目镜、医用口罩

冷静。沉默。忙碌。

相信十几个小时，千里驰援抗疫物资的车辆

不问苍天，什么是龙的传人

什么是中国的精神，中国的速度

我不用爬上附近高高的大明山瞭望

我看见黑暗里高举的火把，那是火神点燃的火焰

我看见击穿黑云的闪电，那是雷神发出的声音

我看见一双眼睛，两双眼睛，更多智慧的眼睛

我看见一双手，两双手，更多援助的手

我看见一个脚印，两个脚印，更多坚定的脚印

不问立春，推开窗户

我看见的云层渐渐打开

我看不见你的脸

·李满红

寒风瑟瑟

大地悲鸣

雾霭重重

山河呜咽

庚子除夕夜

原本喜庆吉祥的中国红

被天使白、橄榄绿替代于瞬间

此时　人们的心啊

惶恐　难舍　泪流　挂牵

刹那　集结集结

飞机的轰鸣划破长夜

战士出征快如闪电

于是　我看不到你的脸
在被汗水泪水浸湿的口罩后面
我看到你医者仁心的眼
与时间赛跑
从死神手中夺回生命的尊严

透过层层隔离区
我看不到你的脸
我却看到你后背上的醒目文字
那是你的名字
我看到护目镜里堆积的雾气
忙碌的身影间
加油的手势和坚如磐石的信念

我不忍再看
随着新闻的镜头切换
短短 11 天

金色盾牌闪耀中 8 个鲜活的生命
如丰碑永远刻在公安一线
年仅 26 岁的人民卫士
如松柏无悔长眠
无须更多的礼赞
家国情怀是你永不褪色的铮铮誓言

有人说生命至上
你何尝不是用生命换回生命
和平年代里
看不见硝烟
只要国难当头
战士岂能不冲火线

人们说你是天使
我没看到美丽的翅膀
阴霾过后
我会看到你天使一样的脸

庚子年的正月

突如其来的灾难

留在人们心中的痛不会断片

唯有痛定思痛

才不会让悲剧再次上演

冬去春回

山花烂漫

旭日东升

朝阳会更艳

那时我能看到你的脸

一张虽留下勒痕却依然美丽的白衣天使的笑脸

一张胜利完成任务刚毅的共和国卫士的笑脸

一张走遍大街小巷释怀的社区工作者的笑脸

一张服务千家万户憨憨的快递小哥的笑脸

还有看不够的一张张坚守阵地满意的笑脸

和一张张男女老少走出家门开心的笑脸

我们约定

在庚子年的春天
补上还没试穿的新衣
补上还没点燃的璀璨火焰
补上十四亿中国人久违的握手
补上神州大地团团圆圆的年夜饭

致武汉

·宋　虹

九省通衢的武汉
人杰地灵的武汉
这一夜风声鹤唳水流湍急

病毒如同遮天蔽日的乌云
笼罩着武汉三镇和我的同胞
武汉是亲切
是惦念担心焦灼
是最让人放心不下的两个字

这一夜啊你忘却了
黄鹤楼上的千古诗句

古琴台上的高山流水
我拿什么奉献给你武汉啊武汉
我相信
珞珈山下必将有一个
樱花开放的春天

"逆行者"，昼夜兼程（外一首）

·芦苇岸

庚子年的团圆热气腾腾，祝福声此起彼伏
辛苦一年，亲情相聚，盘算在心
一顿味道最丰富的年夜饭，在传统中进行

前方有令，武汉疫情要紧，箸落杯停
来不及告别，甚至来不及互致问候
疫情就是命令，防控就是责任
去吧，去疫情最猛的武汉
将爱意浇灌，将使命履行，这带着大义之声的
激情，随火热的心跳和铿锵的誓言
送达，送给那一双双求生的眼睛

"逆行者"，昼夜兼程

这绝对不是一个人在战斗，脚步声的集结号

在庚子年千家万户的年味中

豪壮。这义无反顾的壮举，随即默然地

西进，去危急的武汉，让长江水发光

那个"一带一路"的节点城市，需要加油

需要挺住，需要将生死置之度外

一群最可爱的人以逆行的方式

向大地的内陆挺进

如果选择空中飞行，曙光是送行的掌声

如果选择高铁飞驰，道路是陪伴的进行曲

陌生的环境，复杂的疫情

阻挡不了激越的前行

此刻，我看到，你们逆行的背影

随西去的视线而融入大地

生命因驰援武汉的激情挥毫大写

去吧

在你离别的眼里，我读到绽放的生命

在我赞美的血液中，你已然感知
——这世上，有一种无畏叫不怕险象环生
为战疫情，平凡而可敬的人
毅然出征，决然驰援
你铸爱苍生的渐行渐远，是最美的逆行

短暂的电话连线

请原谅我对你的打扰
疫情不明，除了电话里听到你的声音
很难有什么能让我安心
哪怕听你埋怨，也很满足
活着，不易，而负重，更需要勇气
你逆行的背影，像一首铿锵的诗
只要还有牵挂，就一定还有
爱，超越困难，超越浪漫与遐想
请原谅，特殊时期，只能用电话
向你表达关切、问候与祝福

如果哪一天，电话定格在忙音
举在耳边的手，无法放下
深情会自动录下啜泣
轻轻地，犹如风吹大地，那些草木的低语
在大地之上，在广阔人间
合成一条河浩荡的语言
对不起，你忙，这不是电话时间
好吧，那就等着，下次再联系

除夕之夜：战鹰紧急起飞（外一首）

·杨启刚

我看到的是四只战鹰，在除夕之夜集结
行走在第一排的女军官，身板挺直
眼神清亮，她的身后，凌晨的朔风
也排成了一支纵队，起飞的发动机

没有一滴泪水，在这个时刻哭泣

凌空而起吧，迷彩服是这个夜晚里
最为耀眼的主打色，她不需要抒情
更不需要怯懦的回答

庚子年：正月初一出征记

必须出征。昨夜的风声已经减弱

雷声，冰雹，还有一缕阳光
都在同一个频道里舞蹈

空无一人的街巷，流浪的黑猫畏首畏尾
医院里忙碌的身影，口罩上的眼睛没有闪烁

冠状的病毒，成为触目惊心的暴雪

那些温暖有力的签名、鲜红的手印
在这个寒冬里，被春风收藏

十七岁的红发卡

——献给在抗击疫情一线的他和她

·牧　汀

不曾想到　一个本应盛装的节日里

就像晴空里突然一声霹雳

它们　来临时不讲人情

就像秋天里的打谷场上

突然来了可恶的阴云

从城市到乡村　惶恐攫住了欢乐的心

有多少他们说的英雄　因此

驰骋　驰骋在看不见硝烟的战场

不曾想到　又是像当年那样的匆匆

你又一次选择了逆风而行

就像并不遥远的十七年前

也是在这样一个春天　充盈着芬芳

我与你相识相亲　十七年前的红发卡

一家医院门前的一个简陋小店里

我戴着口罩精心挑选　没有嫁妆

"非典"时期的爱情　非典型的定情

一只普通得不能再普通的红发卡

和那两个人的火线入党誓词

见证你我情定一线　从此结缡双影

不曾想到　十七年里我们却无意中

无意中丢失了　那只十七年前的

红发卡　十七年后

我们又回到这样一个春天

来不及道别

你行色匆匆　奔赴武汉　武汉

有多少汗水滴灌　被恶魔侵蚀的肌体

沉重的防护衣　挟制了你的身体

成年人的纸尿裤　不舍昼夜的顽强

护目镜下的道道血痕　像鞭子

抽打那些恶魔

不曾想到　有多少光明在中国人的心底

不曾想到　有多少愤怒在中国人的心底

不曾想到　有多少希望在中国人的心底

狮吼如雷　中国人和衷共济　众志成城

英雄的中国人民　新时代的新长城

火神与雷神合体　如山的脊梁

左手挽起长江　右臂挟过黄河

瘟神　我们要和你决一死战

而你站在英雄的队伍里　疲惫中坚强

诠释着　最美的誓言　让我看看你

荧屏中我的爱人

你正如当年一样　英姿飒爽

不曾想到　是这样的匆匆

我一时慌了心神

云中驰翔的人　紧紧攥住那最好的记忆

爱人　你不曾知道　这次

我与你一道驰援武汉

此刻　飞机降落的刹那　我的心与你更近

而你倒下的身影　一如十七年前那样美

爱人　你等等我　今朝我与你同袍同泽同裳

还是当年那样结缡双影　与子偕行

我的手中　紧紧攥着那只

十七年前的红发卡

等等我　武汉　等等我　爱人

我来了　我要

在你走出病房的第一时间

为你送上——这只红发卡　十七岁了

它　来自一家医院门前的一个简陋小店

选自作家网

编后记

在湖北武汉等地暴发新型冠状病毒感染的肺炎疫情十分严峻的时刻，文学没有缺席，诗歌更是踊跃。全国各地诗歌作者心系武汉等疫区，创作了大量饱含真情、充满爱心的抗疫诗篇。编辑出版本书，旨在第一时间反映全国上下万众一心、众志成城抗击疫情的感人事迹和英雄壮举，表达广大诗歌作者，也包括本书编者和出版者，对武汉等疫区的关切、对生命的珍重和对同胞的牵挂之情，亦是为特殊时期的中国诗歌留下一份珍贵"档案"。

本书由广西民族出版社社长石朝雄提议、策划，本书特邀编辑、《民族文学》第一编辑室主任杨玉梅承担了诸多具体工作。在短短的时间里，编者从报刊和网络搜集了数百首（组）诗歌，也进行了一些约稿，从中精选出94首（组）付梓。

本书入选作品大致按照发表媒体所在地归属的行政区划排序。因时间仓促、阅读量有限和篇幅原因，还有许多应入选作品未能入选。疏漏之处，遗珠之憾，在所难免。

因无法一一联系作者，没有收到样书和稿酬的作者，请跟出版社联系。不周之处，敬祈谅解。

感谢中国作家协会副主席、书记处书记，著名诗人吉狄马加为本书作序。感谢本书所有的读者和作者。共同祝愿我们伟大的祖国渡过难关，在苦难中前行，在奋斗中辉煌！

编　者

2020 年 2 月 8 日

图书在版编目（CIP）数据

人间有大爱：抗击新冠肺炎疫情诗选/石一宁主编．—南宁：广西民族出版社，2020.2（2023.5重印）

ISBN 978-7-5363-7356-3

Ⅰ．①人…　Ⅱ．①石…　Ⅲ．①诗集-中国-当代　Ⅳ．①I227

中国版本图书馆 CIP 数据核字（2020）第 027708 号

RENJIAN YOU DA'AI

人间有大爱

KANGJI XINGUAN FEIYAN YIQING SHIXUAN

抗击新冠肺炎疫情诗选

主　　编：石一宁
出版策划：石朝雄
特邀编辑：杨玉梅
责任编辑：张惠琼　卢悦宁
美术编辑：张文昕
封面设计：张文昕
版式设计：璞　间
插　　图：林武圣
责任校对：郑季銮　翟芳婷　庞丽明
责任印制：张东杰　梁海彪
出版发行：广西民族出版社
　　　　　地址：广西南宁市青秀区桂春路3号　邮编：530021
　　　　　电话：0771-5523216　传真：0771-5523225
　　　　　电子邮箱：bws@gxmzbook.com
印　　刷：三河市嵩川印刷有限公司
规　　格：787 毫米 ×1092 毫米　1/32
印　　张：8.5
字　　数：100 千字
版　　次：2020 年 2 月第 1 版
印　　次：2023 年 5 月第 3 次印刷
书　　号：ISBN 978-7-5363-7356-3
定　　价：48.80 元